共和国的历程

三湘报捷

衡宝战役与湖南解放

胡元斌 编写

蓝天出版社 吉林出版集团有限责任公司

图书在版编目（CIP）数据

三湘报捷：衡宝战役与湖南解放 / 胡元斌编写.
一北京：蓝天出版社，2014．1（2023.3重印）
　（共和国的历程）
　ISBN 978-7-5094-1062-2

　Ⅰ．①三… Ⅱ．①胡… Ⅲ．①革命故事－作品集－中国－当代 Ⅳ.
①1247．8

中国版本图书馆 CIP 数据核字（2013）第 305439 号

三湘报捷——衡宝战役与湖南解放
编　　写：胡元斌
策　　划：金永吉　荆忠峰
责任编辑：祖　航　梅广才
出版发行：蓝天出版社　吉林出版集团有限责任公司
地　　址：北京市复兴路 14 号
邮　　编：100843
电　　话：010—66983715
经　　销：全国新华书店
印　　刷：北京柏玉景印刷制品有限公司
开　　本：710mm×1000mm　1/16
字　　数：69 千
印　　张：8
版　　次：2014 年 4 月第 1 版
印　　次：2023 年 3 月第 3 次
定　　价：29．80 元

前　言

　　中华人民共和国自1949年10月1日成立以来，已走过了六十多年的风雨历程。历史是一面镜子，我们可以从多视角、多侧面对其进行解读。然而有一点是可以肯定的，那就是，半个多世纪以来，在中国共产党的领导下，中国的政治、经济、军事、外交、文化、教育、科技、社会、民生等领域，都发生了深刻的变化，中国人民站起来了，中华民族已屹立于世界民族之林。

　　这段时间放到整个历史长河中是短暂的，有如弹指一挥间，但它带给中国的却是极不平凡的。六十多年里神州大地经历了沧桑巨变。从开国大典到60年国庆盛典，从经济战线上的三大战役到经济总量居世界前列，从对农业、手工业、资本主义工商业的三大改造到社会主义市场经济体制的基本确立，从宜将剩勇追穷寇到建立了强大的国防军，从废除一切不平等条约到独立自主的和平外交政策，从"双百"方针到体制改革后的文化事业欣欣向荣，从扫除文盲到实施科教兴国战略建设新型国家，从翻身解放到实现小康社会，凡此种种，中国人民在每个领域无不留下发展的足迹，写就不朽的诗篇。

　　六十几年在历史的长河中犹如沧海一粟，但对身处其间的个人却是并非无足轻重的。其间究竟发生了些什么，怎样发生的，过程怎样，结果如何，非人人都清楚知道的。对此，亲身经历者或可鲜活如昨，但对后来者却可能只是一个概念，对某段历史的记忆影像或不存在或是模糊的。基于此，为了让年轻人，特别是青少年永远铭记共和国这段不朽的历史，我们推出了这套《共和国的历程》。

《共和国的历程》虽为故事形式，但与戏说无关，我们是想借助通俗、富于感染力的文字记录这段历史。这套丛书汇集了在共和国历史上具有深刻影响的重大历史事件。在丛书的谋篇布局上，我们尽量选取各个时代具有代表性的或深具普遍意义的若干事件加以叙述，使其能反映共和国发展的全景和脉络。为了使题目的设置不至于因大而空，我们着眼于每一重大历史事件的缘起、过程、结局、时间、地点、人物等，抓住点滴和些许小事，力求通透。

历史是复杂的，事态的发展因素也是多方面的。由于叙述者的视角、文化构成不同，对事件的认知或有不足，但这不会影响我们对整个历史事件的判断和思考，至于它能否清晰地表达出我们编辑这套书的本意，那只能交给读者去评判了。

这套丛书可谓是一部书写红色记忆的读物，它对于了解共和国的历史、中国共产党的英明领导和中国人民的伟大实践都是不可或缺的。同时，这套丛书又是一套普及性读物，既针对重点阅读人群，也适宜在全民中推广。相信它必将在我国开展的全民阅读活动中发挥大的作用，成为装备中小学图书馆、农家书屋、社区书屋、机关及企事业单位职工图书室、连队图书室等的重点选择对象。

编　者

2014 年 1 月

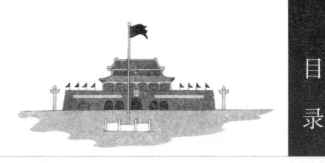

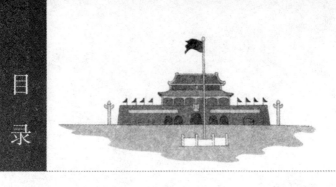

目录

一、衡阳宝庆战役

● 10 月 2 日 16 时，萧劲光下达了战斗命令：
"开始攻击！"

● 战士们高兴地说："白崇禧给我们送慰劳品
来了。"

● 老大娘拉住战士的手说："解放军同志呀，
我们大家可都等着你们来解救呢！"

中央将任务交给四野

"开始攻击!"

1949年10月2日16时,中国人民解放军第四野战军十二兵团司令萧劲光在电话里声音洪亮地下达了战斗命令!

随着电波传向四面八方,十二兵团6个军、19个师的兵力分东、西、中路三个方向,开始向固守在湖南衡阳的敌人展开了全面攻击。

1949年8月,长沙和平解放后,国民党军华中军政长官白崇禧集团被迫调整部署,将从武汉败退入湘的桂系部队11个军、26个师,共20万余人,退至以衡阳、宝庆为中心的湘南地区,重点布防于衡(阳)宝(庆)公路和粤汉铁路沿线,企图阻止中国人民解放军南进。

其部署是:华中军政长官公署及第三、第十、第十一兵团部位于衡阳;第四十六军位于广东省乐昌;第九十七军位于郴县、汝城;第四十八军和第七军分别位于耒阳、泉溪;第五十八军位于衡山;第一○三军位于湘乡西南永丰;第七十一军位于宝庆东北界岭、青树坪一线;第一兵团部及第十四军位于宝庆及其以北新化、桃花坪地区;第十七兵团部及第一○○军位于芷江、安江地区。

此外，第十兵团第一二六、第五十六军分别位于零陵以东白果市和广西省桂林；宋希濂集团第一二二军位于大庸、桑植地区，牵制人民解放军从湘西进军。

为了歼灭白崇禧集团，毛泽东早在 1949 年 7 月 16 日就给四野领导人发来如下电文：

> 白部本钱小极机灵，非万不得已决不会和我决战。
>
> 判断白崇禧准备和我作战的地点不外湘南、广西、云南三地，而以广西的可能性为最大。但你们首先，应准备在湘南即衡州以南和他作战；其次，准备在广西作战；再次，在云南作战。
>
> 和白部作战方法……均不要采取近距离包围迂回方法，而应采取远距离包围迂回方法，方能掌握主动，即完全不理白部的临时部署而远远地超过他，占领他的后方，迫其最后不得不和我作战。

毛泽东主席这一英明的战略部署，可说为白崇禧掘开了坟墓。

四野接到中央军委的命令后，于 9 月 9 日即命其主力部队向南进军。

四野的林彪根据军委的命令，发出《关于与白崇禧部作战的指示》：

1. 白崇禧总的战略意图是防御退却，保存实力，以待美援和国际形势变化。具体实施是以攻为守，巧设疑阵，虚张声势。我军的战略方针则应针锋相对，即用战略迂回，堵塞退路，掌握主动，抓住敌人，站稳脚跟，迫敌决战，一举歼灭。

2. 白崇禧的作战特点是惯于使用战斗力较强的嫡系桂军，依仗熟悉山岳地形，善于乘我侦察警戒疏忽之际，突袭和埋伏包围我前锋部队，退却时又善于利用山地，分散成小群，快速撤退。我军的特点则应学会奔袭作战，学会分进合击，学会打遭遇战，要敢于奔袭敌后，但尤其要注意侦察警戒，敌情不明，绝不能轻兵冒进。

四野兵分东、西、中路：以陈赓领导的二野第四兵团和邓华领导的四野第十五兵团和两广纵队等部组成东路军，由陈赓统一指挥，从湘赣粤边界挺进广东，歼灭余汉谋集团，断敌海上退路，再由粤入桂，完成左翼战略迂回任务；以程子华领导的四野第十三兵团为西路军，其中1个军留在湘西北牵制宋希濂集团，2个军由常德地区出发，首先突破敌芷江地区防线，配合中路军围歼白崇禧主力，尔后向桂西进军，切断敌人逃往云贵的道路；以第十二兵团为中路军，向衡宝地区之敌展开正面攻击，萧劲光统一指挥。并以杨勇领导的二野第五兵团协同中路军作战，其中第十八军拨归萧劲光指挥，另2个军为战役预备队。萧劲光的部队共是6个军、19个师。

9月13日，中国人民解放军第四野战军主力和第二野战军一部，向衡阳、宝庆和湘西一带的国民党军发起进攻，衡宝战役正式爆发。

当时，十二兵团的指挥部设在长沙。从9月中旬开始，我东、西两路军都开始向敌人攻击前进。白崇禧的注意力很快就被吸引到了西线。我中路军正好乘虚进军衡宝。

在得到四野总司令部的批准后，十二兵团于9月15日，指挥各军先后到指定地区展开行动。萧劲光要求各部队一切行动听指挥，不得走漏半点风声，具体部署是：

四十五军要在二野过境部队的掩护下，由江西萍乡进到湘乡附近；四十一军伪装成地方支队，从长沙、平江地区出发，走小道直奔娄底、谷水一带；四十军则由攸县折向西北，不动声色地向湘潭以南突进；驻守在湘江西侧的四十九军，对衡宝公路正面的敌人严密警戒，封锁消息，确保以上部队顺利渡过湘江。

衡阳宝庆战役

同时，为了给敌人造成我军的主攻方向是在衡阳、耒阳一线的错觉，萧劲光还要求正在向安仁地区前进的四十六军，在行进中尽量多虚张声势，以此来掩护我正面突击部队的行动。

我军的这一招果真把敌人完全给迷惑了。敌七军参谋长邓达芝被俘后供称："我们原以为湘东安仁方面是你们主攻的方向，所以在湘东方向布置了夹击的阵势，但我们完全没有想到，衡宝线竟成了你们主攻的方向。当界岭东南狮子山、宝台山等几处阵地失守后，我们才弄清了你们的主攻方向，但一切都来不及了。"

9月20日，为确保这次战役的胜利，十二兵团作出了重要作战指示：

首先，要求各级指挥员对白崇禧的战略企图和作战特点要做到心中有数。在大势所趋、本钱微小的条件下，白崇禧为了保存实力，必定会采取防御退守的方针，他幻想爆发第三次世界大战，但在具体手段上却是装腔作势，以攻为守，布设疑阵，以勉强维持局面。

指示着重强调，白崇禧会利用较有战斗力的嫡系桂军，依靠他们较为熟悉的山岳地带，奔袭包围我突击的小分队，这样即使是要后退，速度也会很快的。

其次，要求各军认真领会上级意图和指导方针。务必要针对敌人的特点，采取迂回战术，堵塞退路，主要依靠山地运动战，结合攻坚战、游击战，掌握主动，迫敌决战，将敌人一举歼灭。

指示还说，任何胜利都是以捕捉敌人为前提的。因此，在作战时，务必要注意侦察警戒，学会分进合击，学会打遭遇战，要敢于奔袭敌后，要敢于打到敌人的内部去。

实践表明，兵团司令部的指示是正确的，它对于整个战役的胜利发挥了巨大的作用。

为了不引起敌人的注意，四野总司令部要求我中路军完成集结和准备出击的时间，要以西路军到达芷江地区的时间为准。为此，萧劲光在以后的半个月里不得不多次电令各军暂不继续前进，驻守在原地随时等待命令。

9 月 29 日后半夜，萧劲光接到了四野总司令部传来的电令，电文说西路军已接近芷江，东路军已挺进广东境内，令中路军各军务必于 10 月 1 日前到战役集结位置集合。

衡阳宝庆战役

我军直插敌人"心脏"

1949 年 10 月 1 日，四野各军在规定的时间内全部集结完毕。

正在这时，从北平传来了新中国成立的喜讯，这个消息给四野各军以极大的鼓舞，战士们摩拳擦掌，作战情绪十分高昂。

在发起攻击之前，兵团司令部向全体指战员发布了战斗动员令。在这次会上，司令部指出，我军无论在数量上，还是在质量上，都是绝对超过敌人的。现在的敌人如同惊弓之鸟，已经是自身难保了。

兵团总司令部号召全体指战员要同心协力，为彻底歼灭敌人而英勇战斗！

在这次动员会上，总司令部还鼓励各级指挥员要根据战场实际情况，做到细心稳健与机敏灵活。号召全体指战员继续发扬不怕困难、不怕牺牲、英勇顽强的作战精神，消灭一切敢于顽抗的敌人，为新中国再立新功。

10 月 2 日 16 时，萧劲光下达攻击命令。

10 月 3 日凌晨 2 时，我一三五师经过日夜奔袭，采用声东击西的战术，顺利插到距敌占区永丰城约 10 公里的公路。部队刚一到达此地，师长便下达了命令，要侦察科长尽快查明永丰城守敌的具体情况，并让部队在这里作短暂休息。

师部在得知永丰城只有一个团的守敌后，便决定继续向敌人的内部穿插，把这些不堪一击的敌人交由后面的部队去解决。

天一亮，一三五师便离开永丰城沿公路边继续前行，恰巧这时开来了一辆敌人的卡车。一三五师自然不会放过，几名侦察员迎上前去，车上的 3 名敌兵还不知怎么回事就不得不在枪口下投降了。

这天上午，敌人的第一线阵地很快被一三五师突破。一三五师各部再接再厉、乘胜追击，敌人皆闻风丧胆，节节败退。

两天后，一三五师便控制了渣江至界岭一线，与敌人形成对峙局面。

另外，我十八军主力在助攻方向与敌人激战后，便绕道向耒阳、郴州间挺进了。

但在我军突破敌七十一军的防御阵线后，白崇禧急忙调动了他的主力七军和四十八军沿衡宝公路向西挺进，同时命令原在郴州的九十七军、原在乐昌的四十六军北上奔赴衡宝线。

在不足 200 公里的衡宝公路上，白崇禧突然间布置了这么多兵力，其目的非常明显，就是企图乘我军还没站稳脚跟，就采取大规模的进攻，置我军于死地。

面对敌人的这一举措，我第十二兵团必须要采取新的对策了。

衡阳宝庆战役

这时，四野司令部针对白崇禧的举动作出了重要指示。指示强调，敌人此举是想在衡宝线上与我军拼个鱼死网破。但在眼下，我第一线兵力严重不足，各部要在原地待命，严整战备，等候后续部队到来后再继续战斗。

指示中还强调，正在芷江地区扩张战果的西路军，可向宝庆、祁阳地区迂回，十八军则沿粤汉路向北挺进。

十二兵团在接到四野司令部原地待命的指示后，除了正在同敌人进行战斗的部队外，其余全都停了下来。正按原计划在强行军途中的四十五军一三五师没有接到野司和兵团的电报，则来到了敌人的后方。

为贯彻四野司令部的指示精神，十二兵团司令员萧劲光要求全兵团必须提高警惕，做好充分的准备，要是敌人集中力量向我军局部发起攻击，就要拟订好防敌反击的战斗方案，同时也要针对敌人撤退时的情况做好反击的准备，严密监视，力争将其一网打尽。这样，即使有的敌人逃跑了，也能进行有效的追捕。

10月4日深夜，我一三五师侦察连在走出两面高山的山沟后，来到了一块平坦的地方，他们借助微弱的月光向远方看去，发现前方黑漆漆一片，估计是一个小村庄。于是大家在师侦察科长李俊杰的带领下快步向村庄奔去。

忽然，他们发现在不远处有一个堆起的东西，走近一看，原来是敌人的桥头堡！再仔细观察，只听村里人声鼎沸，机器声嘈杂，有两辆卡车则直奔桥头而来。

　　侦察科长李俊杰随即下达了进攻的命令，侦察连用密集的火力封锁了桥头，除一辆卡车逃跑外，其余的都像乌龟一样把头缩了回去，躲在村庄的房子后面不停地射击。盘踞在附近山头的敌军听见枪声，也向我侦察连运动过来。

　　在敌我双方都不明真相的情况下，李俊杰当即决定以迅雷不及掩耳之势，打一个歼灭战。

　　此时，后续部队听到了枪声，向盘踞在附近山头上的敌军发起了炮击。见此情景，李俊杰向全连下令：

　　"同志们，为了消灭敌人，我们要勇敢地冲进村庄去！"

　　此话一出，侦察员们个个像下山的小老虎似的，冒着枪林弹雨冲进了村庄。20分钟后，我军占领了这个村庄，并俘虏敌军150人。

　　不久，后续部队赶来。他们将这些俘虏交给后续部队，便又向前挺进了。

　　我一三五师连续行军80公里，到5日夜，已越过衡宝公路，穿插至敌人后方，像一把尖刀直插敌人心脏，这使得白崇禧惊恐万状，一三五师把他的整个作战计划都打乱了。

　　白崇禧迅疾调来四师、五师，与一三五师各团展开争夺战。我军迅速抢占山头、隘口，抗击敌人的反扑。

　　就这样打了一整天，白崇禧没有丝毫收获，这时，白崇禧在指挥部又接到我西路军正快速向东挺进的消息，

衡阳宝庆战役

他为了不被前后夹击，在惊慌之中不得不改变了计划。

第七军是白崇禧最偏爱的一个军，也是桂系成立起来的最早的一个军，在当时拥有最先进的武器装备，实力非同一般，其战术手段更是狡诈多变。20 多年来，第七军跟着白崇禧打过很多硬仗，从没吃过亏，只要第七军在，白崇禧就永远不倒。

在此关乎存亡的紧急关头，白崇禧把它看作是最得力的"王牌"。在这次战役之初，他把这支军队放在衡阳方面作为总预备队，一切都亲自指挥。接着他又把这支军队调到衡宝线上，担任主攻任务。

此时，为了使其他部队能够全线撤退，他立即命令第七军以两个主力师，同时率领另一主力四十八军的两个师来作掩护，尽全力保证其主力的全线撤退。

一三五师雨中追敌

10月6日，三湘大地忽然普降大雨。雨水如注，道路泥泞，给行军打仗带来了极大困难。

四野司令林彪命令西路军无论在怎样的自然条件下，都必须迅速抢占武冈一线，以堵截西退之敌。同时命令中路军全线出击，追歼逃敌。第四十六军的主力越过湘江，向衡阳、耒阳前进，十八军则加速向零陵方向奔袭。

在随后的几天里，我各路大军同敌人展开了激烈的竞赛，主要表现在比毅力、比作风和比速度这三个方面。

十二兵团司令员萧劲光命令各部队要竭尽全力，克服一切艰难险阻，一旦发现敌人，就誓死不放松，直至将敌人歼灭。

在作战过程中，表现最为突出的是一三五师的指战员们，在他们到处堵截敌人的时候，敌人也对他们实施了疯狂的反扑，一连几天来，他们都处于极其危险的境地。

他们有时被敌人围困，有时被敌人攻击，有时要突出包围，有时要转移阵地。行军时他们常常和敌人走在一条路上，敌人时而在前，时而在后。到了晚上宿营，敌我进到同一个村庄，彼此发现后打得不可开交。

全师指战员时时刻刻都在群山丛林之间，同数倍于

衡阳宝庆战役

他们的敌人斗智斗勇，丝毫都不胆怯。

7日早晨，我军在得知敌人的企图后，便立即令全线部队奋勇追击。

首先命令在敌后的我先头师一三五师，对南撤之敌要尽全力围歼，争取在文明铺东北地区堵住敌人，配合主力聚歼。命令西路军迅速占领武冈一线，将退却之敌一网打尽。

我军兵分多路向敌发起猛烈攻击，我四十六军主力已越过湘江，向衡阳进攻。战斗异常激烈。无论是哪一方都在力争主动，避免使自己陷入被动的境地。

我一三五师冒雨翻山越岭，长途跋涉，行军80余公里，直插敌人的后方，给衡宝公路上的敌人以沉重的打击。

当时，敌军满载给养物资的汽车还在不断地来回奔驰，白崇禧还想让其主力沿公路撤退。但我军岂能等闲视之，在水杜江村，还在睡梦中的敌军统统被我军给消灭了。接着他们截住了敌人开往衡阳的54辆汽车，缴获了不少面粉和呢子军服，战士们说："白崇禧给我们送慰劳品来了。"

随后，一三五师的一个团与敌人在衡宝公路旁孙家湾一带的山地上展开了激战。当时敌军居高临下，用迫击炮、重机枪向该团猛攻。

但是该团后卫部队八连三排的战士们毫不畏惧，在呐喊声中勇猛地冲上山冈，占领了敌人的4个山头。子弹打完了，战士们就拿着空枪和爆破筒追打敌人。

敌人哪肯轻易认输，他们重新组织兵力大肆进行反扑，接连向三排阵地发起三次猛攻。连长、排长都负伤了，机枪班只剩下一个人，但战士们毫无惧色，仍然奋勇击敌。

为了更有效地消灭敌人，战士们沉着、机智、灵活作战，当敌人接近阵地前沿时，他们才扔出手榴弹。一时间，山坡上烟尘弥漫，敌军满地打滚，哭爹喊娘。战士们在打退敌人多次进攻以后，接着便向敌人发起反击，杀得敌人四处逃窜。

我一三五师勇猛地穿插敌阵，拖住了敌人，而自己也身陷敌人的包围圈。

在突破衡宝公路后，七团全体指战员便开始和敌人周旋，虽然雨一直下个不停，但战士们依然翻山越岭。他们在一天两夜中，只吃了两顿饭，饿了他们就吃生米，渴了他们就喝稻田里的水。

8日凌晨，一三五师一个营在赤壁岭一带被敌一七二师、一三八师约两个团死死围住，难以脱身。

这支曾经突破天津民权门的英雄部队以3个连的兵力同时向敌反击。三连二排冲在最前面，一连夺取了三四个山头，其勇猛之势，令敌人心惊胆战。

后来，敌人搬来了援兵，但他们依然稳扎稳打，坚守阵地，敌人的数次冲锋全都失败了。没有了子弹和手榴弹，战士们就用石头和木棍打，最后和敌人拼刺刀。

衡阳宝庆战役

机枪射手王卫在多面受敌的情况下，手始终没有离开机枪，直至生命的最后一刻。

战士们英勇不屈的战斗精神，令敌人望而生畏。激战进行了整整 24 小时，敌军两个团的兵力还在原地徘徊。

当晚，一三五师一团警卫排，冒雨行军时迷了路，在山谷与数倍于自己的兵力展开了激战，有四十多个同志在英勇冲杀中壮烈牺牲，最后奋勇冲出突围的只有十多人。

后续部队在掩埋这些牺牲的同志时，发现他们的子弹、手榴弹一颗都没有剩下。他们在最危急的时刻，把自己的枪支毁坏，绝不留给敌人。这种精神感动和鼓舞了在场的每一位战士。

我军歼灭了敌第七军军部以后，敌人的军心更加涣散，逃兵不计其数。随军部撤退的敌一七二师师部及其两个团想掉头逃窜，一三五师另一个团将其围了个严严实实。

天黑了，雨还在下，四面八方的枪声、炮声不绝于耳，敌军 4 个主力师被围困在方圆数十里的山峦间，我指战员"缴枪不杀"的喊声在山间回荡。

歼灭敌军"王牌"军

8日上午，我军追击敌人到达一座小山村，有一位老大爷气喘吁吁地跑过来说："敌人就在西边的山头上集合呢！"部队在老人的带路下，随即从小路包抄过去。

在猛烈的战斗中，当地群众给予了我军极大的支持。他们冒着生命危险，翻山越岭送来吃的、喝的，还有的主动抢救、照顾伤员，战士们在老百姓的协助下，很快消灭了敌人。

三渡水有一位老大娘曾挨过敌军的毒打，她恨透了国民党，她见到解放军战士就上前拉住他们的手，哭着说："解放军同志呀，我们大家可都等着你们来解救呢！"一边说一边将煮熟的鸡蛋往战士手里塞。

像这样群众支援子弟兵的动人事迹很多，战士们深受感动，杀敌的士气更足了。

在衡阳外围的敌人基本被扫尽后，敌军已是溃不成军，全都放弃衡阳逃命去了。8日，我四十六军占领衡阳。

解放军胜利进入衡阳时，衡阳人民敲锣打鼓，燃放鞭炮，热烈欢迎。全城老幼拿着自己做的小旗，在雨中载歌载舞，其场面十分热烈。

进城之后，部队立即开始搜索残敌，以确保人民群

衡阳宝庆战役

众的生命财产安全。

部队严格执行"三大纪律八项注意",露宿街头、码头和民房檐下,不动群众一草一木。

10 月的湘南,秋风萧瑟、寒气逼人,群众见我军战士衣衫单薄,便拿着自己的被子、衣服送到每个战士的身边。战士不收,他们就说:"军民是一家,我们不能看到自己的子弟兵挨饿受冻。你们露宿街头,我们看到心疼啊!"

还有人感动地说:"国民党军队无恶不作,对我们实施烧杀掠夺,还是解放军同志好啊!他们保护我们,不动我们一草一木,还是毛主席领导有方呀!"

衡阳市外,战斗仍在激烈地进行。

进入衡阳的第二天中午,我一三五师在祁东县的黄土铺西侧阵地部署战斗。

此时,敌七军军部溃逃到这里,企图夺路南逃。一三五师一个团一面向上级报告,一面组织部队截击。部队猛跑 4 公里,将敌人拦住,随即以猛虎扑羊之势,向敌人发起冲锋,把敌人的军部和直属部队截成数段,敌人顿时陷入一片混乱。

与此同时,一三五师的另一个团在祁东县北面不远的鹿门前,将敌人的第七军一七二师截住。

很快,我四十一军主力已迂回推进到这一地区,完全切断了这一地区的 4 个师的敌人西逃的退路。正面我四十五军和四十九军的一个师尾敌追击也到了这里。

为了彻底消灭被围之敌，萧劲光司令员当机立断，指挥已到达洪桥地区的四十军从东面迂回上去。该军一一九师昼夜追赶，在泥泞的道路上奔跑了 80 多公里，翻越过 15 公里的五峰山，终于在 9 日傍晚赶到了铁塘桥、杨家岭一带，并用最快的速度抢占到有利阵地，把妄图从东面突围南逃的敌人截住了。

　　当天下午至晚上，战斗打得异常激烈。敌人狼奔豕突，东冲西撞，总想夺路逃跑。我军战士顽强阻击，绝不放走一个敌人。

　　每个阵地，都经过反复争夺；每一条水渠、每一道田埂、每一片森林、每一座房屋，都留下了敌人的尸体。

　　很多时候，我方一个连的战士要对付人数比自己多几倍的敌人，可他们依然顽强作战，直到打得一个连仅剩二三十人。

　　敌人的第七军警卫营因为长期受到法西斯训练与欺骗教育，在这次作战中表现得异常凶残，给我方的战斗造成了很大的困难。战士们一鼓作气，使用速战速决的战斗方式，常常是敌人的机枪才刚刚架起还没来得及对我军进行扫射，我军战士便冲到了他们的面前，用刺刀将他们捅死了。

　　在这场激烈的战斗中，我一三五师二连一直保持着高昂的战斗士气，连长和指导员牺牲了，战士们就自动组织战斗。机枪班的最后一个射手林少云双腿被打断了，仍然坐在地上端着机枪向敌扫射。二班战士杨贵峰一面

衡阳宝庆战役

鼓动大家，一面代理排长指挥，最后以 7 个人的力量连续攻下了敌人的 7 个阵地。之后，又追击敌人来到村庄老百姓的家里，并从老百姓的床底下拉出 5 个敌军军官，俘虏 20 多个敌人。激战至 21 时，敌七军军部包括特务营、工兵营等在内的直属队，被全部歼灭。

敌军部指挥机关被打掉了，该军率领南逃的 4 个师便失去了统一指挥，更加慌乱起来。

在我一一九师阵地，战斗同样激烈残酷。该师与夺路南逃的敌人反复冲杀，激战达二三十个小时之久，终于打退敌人 40 多次的集团冲锋。有个连队只用手榴弹，一夜就打退了整营敌人的 18 次攻击，还有个连队弹药打光了，战士们就搬起石头同敌人拼命。

10 日，我军组织了 8 个师的兵力，对被包围的敌人发起了总攻击。被围之敌纷纷被我分割歼灭，残部遁入深山丛林。

当晚，秋风萧瑟，细雨迷蒙，官兵强忍几昼夜连续作战的疲劳与饥饿，在高山密林中冒雨搜剿。

一直到第二天上午，我军共歼敌 2.98 万余人，生俘敌将官 8 名。敌七军率领的桂系 4 个主力师，除一三八师师部带一个团乘隙逃脱外，全部被歼。

部队胜利地消灭了白崇禧的"王牌"军，他们兴奋地说："什么'王牌军'，还不是被我们的神机妙算给消灭掉了！"

在这些天围歼敌人的连续作战中，由于敌情的时刻变化，四野司令部和十二兵团总部，对各军、师的战斗行动不可能每一步都做到直接指导。为了不失掉战机，四野司令部要求我军各部队充分发挥灵活机动的作战作风，不必事事等待上级指示。各军、师以至各团、营、连的指挥员，根据上级对这次战役总的要求，积极主动、机动灵活地指挥部队寻找战机，歼灭敌人，有效地保证了战役的胜利。

12日，我四十九军一个师，协同西路军东进的部队，在宝庆附近围歼一股逃敌，全歼了该敌4000余人，随后解放了宝庆城。

同一天，我第十三兵团留守湘西北的四十七军，对敌宋希濂部一个军发起攻击，共歼敌5000多人。

在整个战役中，我主力部队得到了湖南党组织、政府和地方游击队的密切配合和人民群众的积极支持。湖南省军政委员会、省临时人民政府和省支援前线指挥部积极组织征粮支前，把大批物资源源不断运往前线。活跃在衡阳地区的湖南游击队积极配合主力部队，到处打击敌人，在解放耒阳、郴州等战斗中，作出了积极贡献。

衡阳宝庆战役

解放湘西大庸

湘西，崇山峻岭相连，悬岩峭壁倒挂，地势险恶，易守难攻，战略位置非常重要。

蒋介石为了守住湘西，指示宋希濂的一二二军部署在大庸、溪口一线，并且搜罗湘西各地 10 万名土匪武装和游击杂牌部队，编为 3 个暂编军 10 个暂编师，盘踞湘西各地。

大庸是进入湘西的大门，守住了大庸，就可保住湘西。而敌人湘西得保，我军要进入大西南就严重受阻。

衡宝战役结束后，我四十七军紧接着进行了解放湘西大庸的战斗。

为了打好这一仗，军党委作了周密的部署。决定以一三九师、一四一师、一四〇师的一四八团，分两路合击大庸之敌。各部预定于 10 月 16 日完成合围，歼敌于大庸。

一三九师根据军党委的战斗部署，令四一五团沿法水以南进至小坪，直插大庸南面的天门山，占领有利地形，从侧后攻击敌人；令四一六团为前卫，由慈利通往大庸的大道日夜兼程向溪口、大庸奔袭；师直属队和补充团跟四一六团后卫挺进；四一七团做师预备队。

部署完毕后，全师于 10 月 14 日下午开始行动，沿途山高路陡，行动非常困难。

四一六团夜间进至狗子垭遇到敌三四五师一○三五团前哨部队，我军当机立断，向敌发起猛攻，激战30分钟，就突破了敌人设防严密的第一道防线。

敌人慌忙向溪口方向败退，四一六团跟着穷追猛打。翌日清晨，我军追至溪口，四一六团和四一七团将敌包围，激战三个多小时，敌人抵挡不住，扔下武器、弹药和物资，纷纷夺路向大庸狼狈逃窜。

部队不顾饥饿和疲劳，紧紧咬住敌人不放。14时，我四一六团追到离大庸二三十公里的地方，敌人利用山地节节阻击，负隅顽抗，我部队进展迟缓。

这时，四一七团赶到，两个团挤在一起，由于山道狭窄，不便展开。一三九师颜德明师长和晏福生政委令四一六团按预定路线继续前进，令四一七团改变原定行军路线，沿澧水小道，翻越大山，向西挺进，然后在预定地点会合。

由于四一六团干部战士极度疲劳和饥饿，行动有些迟缓，颜师长和晏政委即带师电台和通信骑兵排，亲自率领该团前卫三营，火速向大庸追击。当天下午，占领了大庸城北的制高点子午台。

这时，敌人已向西门撤退，颜师长、晏政委当即命令四一六团三营直插大庸与桑植、永顺之间，将敌堵回大庸城。

同时，晏政委命令师两个炮兵连向西门和南门澧水

衡阳宝庆战役

渡口进行拦阻射击，封锁渡口，将担架连武装起来保护设在子午台的指挥所。四一六团全部到达后，师长马上命令他们从西边和北面向敌夹击。

四一七团行进的是怪石嶙峋、灌木丛生的山路，走起来非常困难，攀越了两个小时，部队才翻过大山，走上大路。按原定计划应从这里往北和四一六团靠拢，但是天色已近黄昏，北面全是山路，一时又找不到向导，难以按时到达原定位置。

正在这时，尖兵班在前面俘虏了 3 个敌兵，经审问知道大庸城内敌人非常慌乱，准备逃走。该团党委经研究决定改变原计划，抄近路出其不意直捣敌人军部。团长马上派一个连顺着山道搜索前进，其余大部队沿大路跑步插向大庸。

敌人原以为城东有法水做屏障，水深流急，难以泅渡，又没有桥梁和船只，估计我军主力不会从这里进攻，因此防御较弱。

我四一七团一路上没有遇到大的抵抗，只有少数敌人打冷枪，他们很快到达大庸城东门。四一五团也同时进到天门山。这样，我军参战部队均按预定时间完成了对大庸之敌的双层合围，形成了瓮中捉鳖之势。

20 时，攻城战斗正式开始。四一七团和四一六团分别从东西两面向城内攻击前进。

四一七团一营营长阎太云和三连连长曲贤圣带领一个排，趁黑夜冲到了城边，巧妙地绕过敌人的阵地，翻过城墙，沿城内街道搜索前进，途中抓住一个敌副官，得知敌军军部设在文庙。

此时，曾经做过侦察工作、智勇双全的阎太云，在脑海中迅速形成了一个大胆歼敌军军部的计划。他带领战士押着敌副官，命令敌副官叫开城门，让我大部队进城，然后又灵活地应付了敌哨兵的几次盘问，来到敌军军部门前，下了敌哨兵的枪，迅速包围了敌军军部。

紧接着，阎营长和曲连长冲进了敌军长办公室，用枪口对准了敌军长张绍勋的胸膛，令其缴械投降。

张绍勋做梦也没有想到解放军来得这样快，看着自己已经处于四面重围之中，知道失败的命运已定，只好无可奈何地放下武器。

与此同时，我四一六团钢八连在指导员高松鹤的率领下，猛打猛冲，成了刺向敌人的一把尖刀，在城西截住了向西突围的敌第三四五师残部千余人。经高松鹤等人的喊话，争取了部分敌人投降。

最后，敌人终因失去指挥，纷纷瓦解缴械，战斗全部结束。

我一三九师在上级正确指挥下，在一四一师和四一八团的配合下，胜利地完成了歼敌一二二军的任务，共毙俘敌军长以下 5000 多人，缴获了该军全部武器。

俘虏国民党军长张绍勋、二一七师师长谢淑周、三四五师师长黄鼎勋。

至此，国民党军在湘西北的主力伤亡殆尽，通往大

衡阳宝庆战役

西南的门户已经打开。

敌一二二军的覆灭，震慑了湘西的土匪武装，这对四十七军日后广泛开展剿匪斗争，创造了极为有利的条件。

整个衡宝战役，从 9 月 13 日开始，至 10 月 17 日结束，共解放 11 座县城，歼敌 4.7 万余人，俘敌将级军官 14 名。

二、 肃清三湘残敌

● 陈渠珍对顾凌申说："以后我一定尽最大努力，协助解放军安定地方。"

● 战士们高声喊道："我们是解放军！缴枪不杀！"

● 陈光中对他的手下说："过去我在这里打过共产党，没想到现在却被共产党追到了这里。"

委婉劝降 "湘西王"

1949 年 11 月 7 日，湘西凤凰县城。

国民党 "川鄂湘边区绥靖公署" 副主任、湘西行署主任陈渠珍率领 2000 余名国民党官兵，徒手列队在凤凰县城门口欢迎解放军入城。

随后，凤凰城举行和平起义大会。中国人民解放军四十七军代表接管了 "湘西王" 陈渠珍在县城的 "湘西行署"。

这是我军自衡宝战役后，取得的又一重大胜利，不过这一次不是用武力，而是采用和平手段。

陈渠珍，原名陈开琼，1882 年 9 月生于凤凰县的镇竿城。早年曾就读于湘西 "沅水校经堂"。两年后，又进入清政府为创办新军设在长沙的 "武备学堂" 深造，毕业后任湖南新军第四十九标队官（相当于连长）。不久返回湘西，主办军官训练团。

1916 年陈渠珍被提升为湘西护国军参谋长。1921 年被湘督谭延闿任命为湘西护法靖国军总司令。从此，陈渠珍登上了 "湘西王" 的宝座。

在国民党统治时期，陈渠珍曾先后任国民党新编第三十四师师长、湖南第一警备军司令、湖南省政府委员等职。30 年代，蒋介石对陈渠珍 "剿共不力" 十分恼火，派何健带 5 个师去湘西取而代之，并停发陈渠珍的军饷。这样，陈渠珍不得不引退回乡。

1949 年，湘西"三二事变"中，国民党第九区行政专员兼保安司令陈士，面对日益严重的动乱束手无策，只好前往凤凰县请陈渠珍出山。

陈渠珍先是婉言谢绝，后经反复思考，从自身的利益出发，答应了陈士的要求。并立即召集凤凰县县长田名瑜、"苗王"龙云飞等地方头面人物开会，成立"凤凰县防剿委员会"，自任主任。会后，他把全县各地的乡丁、家丁、警察队、自卫队等人集中起来，加上陈士带去的直属中队，编为 4 个纵队，称雄割据，同与其相左的地方势力相抗衡。

这年 6 月，国民党湖南省政府主席程潜又委任陈渠珍为湘西行署主任和"川湘鄂边区绥靖公署"副主任，这样，湘西的军政大权全落在陈渠珍手中。一度失意的陈渠珍再度登上了"湘西王"的宝座。

1949 年 10 月，衡宝战役的胜利，粉碎了白崇禧、宋希濂的"湘西反共游击根据地"的美梦。解放军四十七军奉命挺进湘西，建立湘西军区，军区机关设在沅陵，军长曹里怀兼任湘西军区司令员，政委周赤萍兼任军区政委。湘西行政公署相继成立，周赤萍任党委第一书记，晏福生任行署主任，行署机关亦设于沅陵。

湘西军区决定在对顽固的国民党军残余势力实施军事攻击的同时，开展政治攻势，劝说国民党军相关头目

肃清三湘残敌

投诚，以争取和平解放。

争取"湘西王"陈渠珍起义，是湘西军区开展政治攻势的首要目标。

早在衡宝战役前，中共湖南省委统战部便派出熟悉湘西敌情的陈裕新来到湘西，做陈渠珍的劝降工作。

陈裕新与陈渠珍曾是国民党官场中的老友世交，两人非常熟悉，他亲自给陈渠珍书写劝降信，劝陈渠珍以湘西的民众为重，不动干戈，归向人民。并在信中附上第四十七军政治部联络部长顾凌申的亲笔信件，由陈渠珍的好友李振基、朱寿观到陈渠珍的住所凤凰县转交。

陈渠珍接到两人的信后，表示可以考虑和平解放事宜，但并没有下定决心。

衡宝战役后，湘西军区又派了陈渠珍的旧部王尚质、戴季韬前往湘西，找陈渠珍面谈。

王尚质先是委婉地从侧面询问陈渠珍的打算，问他："如今共产党几路大军进入湘西，您是怎么看的?"

陈渠珍不屑地回答："共产党算什么，我看他们要不了多长时间就会垮台。"

戴季韬插言："既然如此，那么您是怎么打算的呢?"

陈渠珍说："离这里不远有个苗寨，堪称天险，苗寨的寨主和我有很深的交情，到时候共产党的大部队开进这里，我就到那里去安家，住他几年再说。"

王尚质听完陈渠珍的回答，心知他并没有投诚的心思，便开导他说："依我看，您这样做，实在不是万全之策，您还不知道共产党在中国已经奋斗了 28 年的事吧？他们由最初的几百人、几千人发展到今天的百万大军，解放了大半个中国，实在是不会垮台的呀！如今共产党已经是人心所向了，您难道不知道程颂公在长沙起义的事吗？"

程颂公就是程潜，1949 年 8 月 4 日在长沙宣布起义。

陈渠珍一边听着王尚质的话，一边仔细地思索着，过了很久，他才将心中的疑惑对王尚质提了出来："可是，我听说共产党是共产共妻的，难道这种事情老百姓也赞同吗？"

王、戴总算明白了陈渠珍的顾虑，他们不禁"哈哈"一笑，随后向他解释说："您听到的纯粹是谣言，人家共产党信的是马列主义，是讲科学的，根本就不存在共产共妻的情况。现在，所有的老百姓都拥护共产党，他们的大军又开进了湘西，为了避免和他们发生冲突，如果您能在现在投诚，将是造福民众的好事。"

陈渠珍听完王、戴二人发自肺腑的话，沉吟了一会儿对他们说："蒋介石做事不得人心，这我也知道，但却没想到他这么快就垮台了。如今国民党大势已去，我也打算顺应潮流，同共产党合作。你们和我的关系很深，我信得过，还请你们为我搭这个桥，帮助我完成这件大事。"

王尚质和戴季韬带着满意的结果离开陈家后，陈渠珍的好友李振基、朱寿观再次来到凤凰县，向陈渠珍转

交四十七军首长给他的信。信中借中华人民共和国成立之机，进一步阐明形势，勉其早日定夺，择向光明。

他们还向他转告说，已征得四野总司令林彪的同意，建议他参加全国政治协商会议。

陈渠珍读完信后，感到非常高兴。他说："承蒙解放军宽大为怀，看得起我陈某，我愿意接受和平解放湘西。请你们先回去禀报，我随后就动身去沅陵晋见贵军首长，商谈具体事宜。"

几天后，陈渠珍驱车来到沅陵。随行的有国民党湘西行署秘书长陈景尧、参谋长杨光耀和另一名陪同人员杨希贤。

他们到来后，四十七军兼湘西军区举行了隆重的欢迎会，军区政委周赤萍和联络部长顾凌申参加了大会，并同他们进行了友好的交谈。

会后，顾凌申又陪同他们参观了"和平军官训练班"。这个班的学员都是原国民党县、团级以上的投诚起义人员，有不少人还是陈渠珍熟悉的部下。

陈渠珍见到这个训练班既没有铁丝网，也不设警戒，还有家眷可以在休息的时候和训练班成员相聚，这比他想象中的情况要好得多。再看看学员们贴出的学习墙报，人人都自觉接受教育，写出的学习心得情真意切，他非常感慨。

陈渠珍对这些事物感到很新鲜，他回忆起王、戴等人跟他的谈话，认为共产党果真和他们说的一样好。

沅陵的参观之行，使陈渠珍坚定了和平起义的决心，他在返回凤凰县之前，对为他送行的顾凌申说："我在湘西几十年，对湘西人民毫无建树。想起这些我真是惭愧，以后我一定尽最大努力，协助解放军安定地方，尽我余生之力。"

11月7日，陈渠珍在凤凰城举行了和平起义大会，凤凰宣告和平解放。

陈渠珍的起义，在湘西地区产生了积极的影响，一些徘徊在十字路口的国民党军政要员纷纷效仿"湘西王"，走上了投诚的道路。

同年底，向湘西人民政府投诚的国民党残部约7000人，接受人民政府收编的武装部队约4200人。其中，有师级以上军政官员8人。

国民党残军的投诚自新，显示了人民政府和人民解放军实施军事打击、开展政治攻势的强大威力，对于减轻湘西匪患，加快剿匪进程，稳定湘西局势起了重要作用。

肃清三湘残敌

围歼慈利"反共军"

1949 年 12 月 25 日清晨，数百名胸佩用黑布做的三角形护身符，背负用竹筒装的"神水"，荷枪持刀，怪模怪样的人陆续聚集到湘西慈利县硝洞附近。

一会儿，一个披着法衣，手持宝剑的人在临时设立的香案前焚香祷告："天皇皇，地皇皇，信我神兵上战场"；"刀斧砍不进，子弹两边分，神兵弟子不会伤"……

原来，这是慈利县反动会道门头目戴孔许组织的"神兵"，他们被盘踞在慈利、石门地区的国民党残匪张绍武、朱际凯收编为"湘鄂边区司令部第五团"，现在是奉命配合张绍武、朱际凯去攻打慈利县城。

在解放湘西的过程中，虽然有不少的国民党残部向我人民解放军投诚，但也有一些顽固分子不肯低头，誓与解放军对抗到底。张绍武、朱际凯就是其中的典型代表。

朱际凯，绰号"朱疤子"，是慈利县有名的土匪头子，后被国民党看中，招安为国民党军的团长。1949 年 6 月，被宋希濂收入"暂编第一师"，任命为副师长兼第一旅旅长。

张绍武，曾担任国民党慈利县县长，于 1949 年被宋希濂收编入"暂编第一师"，委任其为第一旅旅长。

1949 年 9 月，当解放军进抵慈利时，朱、张二人率部逃至慈利县附近的江垭山区躲了起来。

10 月下旬，驻慈利的部队随二野大军入川作战，慈利城仅剩一六〇师四七九团的两个营。这时，朱际凯等人以为大军西去，时机已到，于 12 月下旬在江垭山区召开"军事会议"，成立了"中国人民反共救国军湘鄂边区司令部"和"湘鄂边区行政长官公署"。由田载龙任司令兼行政长官，朱际凯任副司令，下辖 4 路纵队，共有 4000 余人。

他们还把慈利县戴孔许组织的"神兵"也拉入其内，组成"湘鄂边区司令部第五团"，计划攻打慈利、石门、桃源、大庸、桑植等县城，建立湘西北反共根据地。

戴孔许是慈利县的一名劣绅，原先想在道人山硝洞炼盐发富，不料费尽心机，一事无成。于是改变主意，在洞中立神拜仙，幻想得道，长生不老。以后又用迷信欺骗山民，建立"神兵"，将硝洞变成了"神兵"的基地。

此时，戴孔许的一番咒语，使这些受骗的山民一个个如神护身，显得杀气腾腾。

戴孔许令"神兵"总指挥王协清督阵，副总指挥马道仁为先锋，向慈利县城进发。一路上，他们边走边叫。到了城下，他们从背上取下竹筒，喝下"神水"，然后摇旗呐喊，向城内发起冲锋。

肃清三湘残敌

开始时，守城部队并没有把这些"神兵"放在眼里，谁知"神兵"一会儿工夫就冲入城内，有的战士还在看他们的怪样子就被砍伤了。

守城部队当即调整状态，经数小时巷战，一举将"神兵"打垮。其总指挥王协清、副总指挥马道仁等100多人被击毙，另有100多人被俘。

坐镇硝洞念咒求神的戴孔许，得知"神兵"全军覆灭的消息之后，当即口吐鲜血，气绝身亡。

攻城作乱的"神兵"虽然被歼，但朱际凯、张绍武等仍很嚣张。时近年关，解放军如不及时剿灭残匪，将影响广大群众迎度新年，妨碍人民政权开展工作。

为了平息这股匪患，常德军分区副司令员胡循武，参谋长刘重桂，政治部主任张盛明等组成剿匪指挥部，前往慈利四七九团与该团团长王海平、参谋长胥玉文等人共同制定出分进合击、远距离迂回等奔袭战术。具体作战方案为：

第一三八师四一四团一、三营直插江垭的龙潭湾一带隐蔽待命，战斗打响后从西北方向堵截逃匪，防匪从溇水逃往湖北。

第一六〇师四八〇团2个连直插慈利庄塔一线，封闭股匪北逃之路。

第一六〇师四七九团二营直插熊家庄、赵家岗一线，防匪向西南方向逃窜。

第一六〇师四七九团一营，直插美石坪、莲坪一线，防匪东窜。

第一六〇师四七九团三营，负责正面攻击，直取江垭。

12月30日，各部正式开始行动。

慈利山区的冬天，北风呼啸，寒气袭人，加上细雨霏霏，天黑如墨，指战员们一路上踩泥泞，攀悬崖，涉溪涧，行动十分困难。

尽管天气恶劣，环境艰险，但战士们仍然斗志旺盛，情绪高昂，各路人马在预定计划的31日凌晨顺利到达指定位置，完成了对这股土匪的包围。

8时整，围歼战斗正式打响。

四七九团埋伏在600多米的碾盘山上，副团长伍生庭指挥机炮连连续用六〇炮轰击江垭后山的土匪碉堡群。

敌赵中庆团听到炮弹的爆炸声，吓得魂飞魄散，一窝蜂似的往石家峪方向窜逃。

早埋伏在此地的我二营战士，待他们走近后，一阵射击，匪兵们又慌忙掉头转向莲坪，刚爬过山坡，又遭三营的机枪封锁。此时，匪徒们已成惊弓之鸟，在战士们"缴枪不杀"的喊杀声中，只好举手投降。

进剿分队攻进江垭，展开全面搜剿，但未见到匪首张绍武的踪影。原来他听到解放军的炮声之后，便率部分匪徒逃向江垭西面的卓家峪一带，准备窜向桑植。

肃清三湘残敌

前线指挥伍生庭副团长立即令二营副营长赵全林率领四连一排抄近路进行截击。10时，一排赶到了株木岗设下埋伏，株木岗是通往桑植的必经之地，外侧是一条小河，街背有一个小凸岭，街里有几间小铺。这里人口不多，但地处要冲，是控扼西路的咽喉。

不一会儿，从远处传来一阵马嘶声，只见一支土匪队伍由远而近，很快进入了一排预设的伏击圈。

排长一声令下："打！"

顷刻间，机枪、步枪一齐开火，打得土匪抬不起头来。

张绍武还以为这枪声是国民党军陈策勋的部队同他们发生了误会，连忙叫副官喊话：

"陈司令，别误会，我们是张司令的人。"

战士们高声喊道："我们是解放军！缴枪不杀！"

张绍武等人做梦也没料到解放军来得这么快。土匪无心恋战，四散逃窜，但都当了一排战士的俘虏。

张绍武惊慌失措地钻进路边的一户老百姓的家中藏身，但他的行踪，已被一排二班的战士们看得清清楚楚。

战士们包围了张绍武的藏身之地后，大声喊道："张绍武，你快出来吧！"走投无路的张绍武只得从里面走出，举起了双手。

张绍武被围歼的消息，传到驻在九溪城一带的朱际凯耳中，他感到大势已去，只好在谢家塌的密林中召开土匪头目会议，宣布解散武装组织。他最后在与其警备团长刘远煌流窜于桑植、鹤峰、石门等地时被抓获。

在进剿部队的打击下，江垭地区土匪组织相继瓦解，大部匪众投诚，至 1950 年 1 月，这一地区共歼匪 1200 多人，其中击毙匪首 58 人。

湘西军区在平息江垭匪患的同时，第一四〇师四一九团还奔袭晃县，对匪首杨永清所属的"长沙绥靖公署直属第三纵队"展开进剿，迫使其副司令兼"芷江警备司令"潘壮飞、"芷江警备团团长"邱茂培等 100 多人投诚。

常德军分区第四八〇团主力进剿石门县西北乡土匪，迫使"湘鄂边区石（门）、澧（县）、临（澧）三县联防指挥部"总指挥陈聪谟投诚。

截至年底，湘西地区共歼匪两万多人，使匪患有所缓解，基本上保证了进军大西南的交通安全。但由于此时大部队入川作战，留守部队的兵力有限，所以湘西土匪的活动依然非常猖狂，湘西剿匪的形势依然严峻。

肃清三湘残敌

解放嘉蓝临的战斗

1949 年 10 月，四野第十二兵团四十六军顺利地入驻衡阳后，集结在湖南金兰桥地区休整，准备入桂参加解放大西南的作战。

11 月 21 日，四十六军突然接到军部急电，上级命令他们急速进军湘南，参加湘南地区的解放战争。

当时，湖南大部分地区已经得到解放，但湘南地区仍有部分国民党残余力量和武装势力占据着一些县城。

其中，以湘南的嘉禾、蓝山、临武等地的敌军残部危害较大。

嘉禾、蓝山、临武三县，为湖南、广东、广西三省交界地区。境内有海拔千米以上的九嶷山、华阴山和五岭山等高山峻岭，是汉、瑶、苗、壮等多民族聚居的地方。地势险要，情况复杂。

蒋介石在败退台湾前，有计划地在此预留了 10 多万"地下军"，一支是国民党军"交警总局东南办事处"中将主任王春晖所辖的交警部队。另一支是国民党军湘南师管区中将司令谢声溢率领的"湘南纵队"及"保安一师"。这两股武装势力共有 1.3 万多人，统一由王春晖指挥。其指挥部设在蓝山县的毛俊，其部署如下：

"交警部队东南办事处"直属队，"交警"第二总队、十四总队、十七总队共 7000 余人驻蓝山县的毛俊、田心铺和临武县的芦家圩。

"交警"第二旅、第四总队、第十八总队共 2000 余人驻嘉、蓝、临三县交界的塘村圩、石蹭、新塘、奄塘圩、榕木圩、詹家坊。

"湘南纵队" 2000 余人驻蓝山县的竹管寺、楠木、大水坪及嘉禾县的普满圩地区。

"保安一师" 1000 余人，驻蓝山、临武县城。

此外，嘉、蓝、临三县还有专设的自卫队，人数不等，共 1500 余人。

为了迅速解放湘南地区的这三个县，11 月中旬，第四十六军在衡阳市成立了湘南剿匪指挥部，由军长詹才芳、政治委员李中权分别任司令员和政治委员，副军长杨梅生、副政治委员段德彰分别任副司令员和副政治委员。

指挥部成立后，有关领导针对当时的敌情，迅速召开作战会议，决定调集两万多兵力，兵分三路进军，发起嘉蓝临战役，将敌人聚歼于嘉、蓝、临地区。

12 月 1 日，战役开始。担任东路包围的部队是四十六军一六五师第四九三团和第四九五团的各一个营，他们分别从郴县、宜章出发，于当天下午进至临武县交界

肃清三湘残敌

之镇南铺、鸬鹚坪一带，将那里的敌部交警第二总队的 3 个大队 1000 多人迅速歼灭，解放了临武县城。

随后，战士们又向西南推进，于第二天上午赶到小黄河、文昌坪一线，封锁了华阴山东南部，切断了国民党残部的东逃之路。

担任西路包围的是四十六军第一三七师，他们从道县出发，沿湘桂铁路推进，于 1 日解放江华县，而后连续急行军三昼夜，翻越海拔千余米的九崇山万高峰、大洪岭，通过 100 公里人烟稀少的瑶民区，于 12 月 5 日进抵万年桥、南风坳一线与东路部队会合，完全封锁九嶷山和华阴山两大山区，切断国民党残部向东南、西南方向的退路。

担任中路主攻的四十六军第一三六师早在战役展开之前，即派出作战、侦察科长率师、团侦察连，携带电台，在四〇八团二营的掩护下，组成南进先遣支队，于 11 月 24 日出发，由金兰桥向新田挺进。

为使战斗行动隐蔽，一三六师领导规定了严格的保密措施，并彻底轻装前进，以达到快速奔袭的目的。

11 月 29 日，他们利用阳明山区的浓云密雾作掩护，经 5 天行军，冒着阴雨连绵的恶劣天气，穿过行程百余公里的阳明山，连续翻越海拔 1000 多米的杉头岭、老鹏岭、达德岭、三芽岭 4 座高峰，于 12 月 4 日上午抵达新田。

师首长为了不失战机，让部队稍作休息，吃完饭，即以团为单位，分三路向蓝山县华阴山区奔袭。

四〇八团从新田出发，直插嘉禾东路，向华阴山挺进。中途在普满圩歼灭敌军"湘南纵队四支队一大队"，俘匪大队长李英奇以下83人；5日晚又在芦家圩歼敌军一部，占领了嘉禾东北地区。而后主力迅速向华阴山之匪实施迂回包围。

四〇六团由桥下经楠木圩直取敌军指挥中心蓝山县毛俊。

四〇七团由黄塘出发，接连突破敌军在楠木桥、竹管寺、青山脚、蓝山城北关的4次阻击，以一昼夜120公里的速度，于5日晚闪电式地出现在蓝山城下。

蓝山县城系湘南重镇，地处九泉山北麓，是国民党残军进入九泉山和逃往西南的门户。西、北均有峻峭的山峰为天然屏障，易守难攻。湖南省第三区行政督察专员兼保安司令、湘南纵队中将司令谢声溢率领的1300余人在此据守。

为了不使城内敌军逃跑，四〇七团团长令第二、第三营攻北门，第一营则沿紧靠西山的一条深沟向城南迂回。

城西南有个村庄，驻守着一个中队的敌军，一营二连以迅猛的动作冲进村内。敌军还没有弄清是怎么回事，就糊里糊涂当了俘虏。

城内敌军听到动静，由南门蜂拥而出，遭到二连迎头痛击。他们只好缩进城内，企图据城死守。

肃清三湘残敌

为了迅速消灭城内的敌人，攻占南、北两城门的战斗同时打响。一发发炮弹冰雹似的倾泻到城垣上，射击声、手榴弹爆炸声和呐喊声震天撼地。

蓝山县城笼罩在一片浓烟烈火之中。

一营三连在副营长陈学良和连长许满田的率领下，冒着枪林弹雨，首先冲到城下。

面对两米多高的城墙，陈学良当机立断："三连长，搭人梯。"

"是！"许满田立即命令火力掩护，"九班长，快踩着我的肩膀上。"只见高个子九班长朱延林一个飞跃，两脚早已登上许满田的肩膀，猛一纵身，就飞上了城墙。

城内的敌人向城墙上射来密集的子弹，陈学良边向城里扔手榴弹，边指挥二、三连用机枪和迫击炮火力掩护。不久，三连九班战士全部登上城墙，占领制高点。一营在营长张建国率领下，如潮水般涌进城内，迅速散向大街小巷。

另一方面，二、三营也攻入北门，在一座大院里，生俘了准备潜逃的伪湘南纵队副司令、参谋长、政训主任等人，并迫使约一个连的敌军缴械投降。

敌军中将司令谢声溢在他的秘密据点里得知解放军攻入南门的消息，立即丢开部下化装逃出蓝山，后被我军分区的第四八六团活捉。

至18时许，我军全歼匪"湘南纵队"司令部、直属队、"保安一师"以及匪伪第三专员公署、伪蓝山县政府等建制1300余人，蓝山县城解放。

在解放蓝山的战斗中，流传着四〇七团三连一名战士只身说降土匪1200多人的故事。

12月5日14时，一三六师四〇七团行进至竹管寺镇时，与敌"湘南纵队"一个连相遇，解放军留下一个连牵制。该连将敌人一阵猛打，敌人以为遇上了主力，纷纷逃命，七班长郭福恒带郑守恩等5名战士追敌6公里，活捉13名敌人。

但当郑守恩将俘虏押到连队预先约好的地点时，却没能找到本班战友。这时已是傍晚，藏在山上的敌人发现只有一名解放军战士，便放胆蜂拥而上。郑守恩端枪就扫，打倒6名敌人，正要换弹夹，不料被一个敌人从身后死死抱住，动弹不得。面对几十名敌人，郑守恩毫无惧色，他反复向敌人宣传解放军的政策和全国形势，指出蓝山已被解放军重重包围，只有投降才是唯一出路。

敌"湘南纵队"二支队长谭金泽听了郑守恩的话，带领手下1200多名士兵弃暗投诚。郑守恩立了"孤身擒千敌"的奇功，被中央军委授予"孤胆英雄"的光荣称号。

肃清三湘残敌

12月6日清晨，蓝山县城解放后，一三六师的三个团的兵力乘势步步进逼，向盘踞在毛俊、田心铺的敌军主力发动总攻，激烈的战斗一直持续到6日夜。

国民党军"交警总局东南办事处"中将主任王春晖见大势已去，趁雨大天黑，率3000多人向东边临武县逃窜，此后几天中，这股敌人处处挨打，最后于 14 日在湘粤边境被全歼，化装逃跑的王春晖也在长沙被俘。

"交警"二总队、十四总队及"保一师"残部 2700 多人逃到南风坳一带，被解放军一三七师截住全歼；"交警"二总队一部逃到广东连县，被解放军连江支队第七团迫降。

嘉蓝临战役历时 17 天，歼匪 1.3 万余人，擒获少将以上匪首 12 名，缴获各种炮 112 门，各种枪 5900 余支。

此役刚刚结束，四十六军首长即令部分团队抓紧时机，连续作战，又先后歼灭"反共救国军第十二军"，擒其中将军长陈平袭，并收编了欧冠、曹茂琼等地方游杂武装等数千人。

嘉蓝临战役的胜利，使湘粤、湘桂两大交通命脉解除了威胁，进一步畅通了东南和西南的进军通道，奠定了湘南人民安宁度日的基础。

隆回围捕 "反共总司令"

1949 年 12 月 25 日，湖南邵阳市法场上，随着"砰"的一声枪响，危害湖南几十年的土匪头子陈光中结束了他罪恶的生命。

湖南省各个地区的报纸上相继刊登出这么一条消息：

> 为祸湖南20余年的大土匪大恶霸头子陈光中，已于本月25日在湖南邵阳经人民法庭公审后，被执行枪决。

陈光中是湖南邵阳人，他是蒋介石亲手培养起来的国民党头目之一。

陈光中出身于地主家庭，他25岁就在本地当上了土匪头目，后得到国民党的赏识，被收编于湘陆军二师六团，任四营营长。

陈光中加入国民党军队后，变本加厉地"围剿"共产党，自 1927 年至邵阳解放前，被他直接指挥杀害的共产党员和无辜百姓多达上万人，蒋介石也因此将他从营长提升为中将师长。

1949 年春，人民解放军渡江南下，直逼三湘，陈光中预感到末日来临，遂决定向准备在长沙起义的程潜靠

肃清三湘残敌

拢，表示愿意跟程潜一起走上和平的道路。

但程潜起义后，陈光中却又暗中接受蒋介石的委任，担任国民党"湖南省反共救国军"游击司令兼隆回县县长。

1949 年 10 月，解放军解放隆回县，陈光中潜藏至隆回六都寨，暗地里继续进行反革命破坏活动。

我四十六军第一四七师四四○团得到消息，前往六都寨捉拿他时，他又逃窜到新化，与国民党另一残军贺幼农的部队合并，成立"中国人民反共救国义勇军"。

这支队伍共有 2600 多人，下设 4 个纵队。陈光中自称总司令，任命贺幼农为副总司令，他们以为合并后势力大增，可以与共产党长期对抗，因此扬言要"反攻隆回，光复邵阳"。

湖南军区对于陈光中的种种恶行，早已了如指掌，11 月下旬，军区首长向湘南剿匪指挥部下达了围歼陈光中残部的命令。

指挥部与邵阳地委、邵阳军分区经过研究，将此重任交给了留守湘南的四十六军第一五八师。

一五八师接受任务之后，师长李道之、政治委员王晓生、副师长鲍吉祥、参谋长莫玉明等领导都亲临战区了解敌情，然后仔细研究作战部署。

在此之前，一五八师曾在邵北地区对国民党尹立言部实施进剿，歼敌 2800 多人，使邵阳地区国民党残部的气焰大减。

一五八师领导们认为，现在陈光中残部虽然声势很大，但他们已失去国民党军主力做靠山，遇到大军进剿，必定只会东窜西逃。

为了防止敌军逃跑，师领导们决定此次战役采取多面合围的方式进行：

从东至邵阳的巨口铺，西至武冈的月溪，南至隆回的桃花坪，北至新化的云溪开始，在纵横约50公里的地域内，形成一个歼敌包围圈，并穿插分割陈部的联系，逼敌向我部署的预定地区逃窜。

11月26日，一五八师开始行动。

四七三团开赴洞口的山门、花桥一带，防敌向武冈地区逃窜；四七二团二营进至隆回的荷香桥，防匪南逃；四七二团主力则由巨口铺向大桥边攻击前进。

27日，四七四团抵石冲口闻悉陈光中敌部要进犯新化县城，随即赶赴县城，却没有见到敌人。该团领导决定将计就计，让部队摆出就地驻下的架势，以迷惑敌军。

当晚，全团指战员即悄悄离城，以每小时6公里的速度急行军，翻过3座大山，至28日凌晨到达敌军残部的大本营文田、水车地带。三营插至大竹山，以防敌北逃；一营包围水车；团部带二营逼近文田。

10时，一营前卫排一连二排与水车之敌打响战斗，击溃了西南陡峰上的一伙残军，但他们见解放军只有一个排，人不多，便疯狂反击。

此时，进至文田村的二营、团直属队听到水车方向

肃清三湘残敌

共和国的 历程 · 三湘报捷

枪响，便跑步赶来，迅速投入战斗。

我军一、二营的战士们合在一起，以班、排为单位在水车附近的山林、田野、坑沟，一块一块、一片一片地对敌军进行枪击。

经 8 小时的激战，四七四团在水车共歼匪两个团，生俘匪 500 多人。战斗中敌军"反共救国义勇军"副总司令贺幼农乔装成农村老夫，在逃往溆浦的途中被抓获。

29 日，陈光中率领其残部向西窜逃，于 30 日抵小沙江，在此遭到我湘中游击队三支队八团的阻击，又率部转头向溆浦边陲小镇龙庄湾奔去。

12 月 1 日，陈光中抵达龙庄湾。此地四面环山，中间仅有一条羊肠小道通往青山界。

陈光中对此地非常熟悉，当年红军长征时，他曾在这里捕杀过红军的掉队战士和伤病员。

陈光中对他的手下说："过去我在这里打过共产党，没想到现在却被共产党追到了这里。"他让参谋长下令，迅速离开龙庄湾。

就在这时，山下拱桥边响起了枪声，这是四七四团追击残敌的小分队赶上来了。

这天雾大天沉，陈光中不知道我方战士到底来了多少人，便命令土匪们向山下胡乱开枪。我军小分队趁雾冲上山头，将敌人拦腰截断。

当敌人正埋头向山下开枪时，在他们的耳边却传来了"缴枪不杀"的喊声，敌人们吓得屁滚尿流，纷纷缴枪投降。陈光中则带着部分残敌向塘湾逃窜，企图经绥宁奔广西，继续顽抗。

这次战斗，我方战士共歼敌 300 多人，缴枪 500 多支。

12 月 3 日，早已设伏于水西桥、防敌西逃的四七三团，得悉陈光中的逃跑路线后，即与驻地第三四九军部队借得 5 辆大卡车，抽调 5 个排乘车赶往塘湾阻击。陈光中见势不妙，又改向乌峰、客溪方向逃窜。

第二天，四七三团先锋部队向乌峰展开截击，当三连一排冲到客溪附近的潭木冲时，发现陈光中残部 800 多人就隐藏在这里。

此时，一排势单力薄，但战士们为了早日结束战斗，为民除害，仍然勇敢地冲向敌群，直捣匪窝。

这 800 多人正在此处稍作歇息，没有想到解放军这么快就来到了自己的身边，只好乖乖地缴枪保命。

陈光中也被这突如其来的打击给弄慌了手脚，他急忙收拢起部分人向月溪方向逃窜。

但他们刚刚到达月溪，还来不及喘口气，就又与我军的迂回部队四七三团见了面。

肃清三湘残敌

一阵激烈的枪击再次展开，敌人被打得抱头鼠窜。陈光中再也没有精力进行反抗，只好带上老婆、亲信及随从共 60 多人，逃至武冈县岩山乡禾梨树庄。

当晚，陈光中等人胡乱吃点东西就进入了梦乡。可他们没有想到，四七三团的追敌小分队正在向他们靠拢。

6日3时，四七三团三连副连长带领的小分队，赶至禾梨树将陈匪住屋团团包围。随即，枪声大作，喊声四起，陈光中一伙从梦中惊醒，吓得丢魂失魄，战战兢兢四处躲藏。

陈光中为了逃命，独自一人从后门想翻爬屋后的土坎向山上逃命。可是，这个平日喝民脂民膏的魔王由于躯体肥胖过甚，爬了几次也爬不上去，最后，被冲进院子的三连战士生擒。

拂晓时分，战斗结束，陈光中及随从60多人全部被歼，无一漏网。

陈光中被擒的消息传开之后，极大地震慑了其他的国民党残部，他们自知顽抗必亡，投降才是出路，于是纷纷向湘南进剿部队投诚。至此，曾经横行一时的"反共救国义勇军"全军覆灭。

三、 平息湘北暴乱

● 霎时，四面八方的自卫队员和农民群众手持柴刀、鸟铳、梭镖等蜂拥而来。

● 随着一声清脆的枪响，"西天王"陈金次结束了他罪恶的生命。

● 郭和尚战战兢兢地说："大军放心，这回我决不会逃跑。"

追击"四三"惨案制造者

岳阳，地处湖南省北部，三面环湖，北靠长江，粤汉铁路穿市而过。北宋时期，范仲淹的一篇《岳阳楼记》，使其名闻遐迩。

1950年4月3日上午，岳阳县一区区中队分队长刘湘涛同往常一样，按时上班来到队部，他首先对正在生病的一区区中队副指导员蔡玉芬深表关切地问候了一番，并连推带劝地要蔡副指导员去治病。

然后，又命令在家的战士们去白湖段开荒，并要求他们只带锄头不带枪支。他自己则和一名战士任笃初留在驻地值班。

10时许，十几个鬼鬼祟祟的人来到区中队，刘湘涛一见，连忙迎了上去，他与为首的一个人嘀咕了几句，就直奔区中队存放枪械的房间，将里面的18支步枪和1支手枪全部分给了来人。

随后，这十几个人分两组开始行动，一组去白湖寺追杀副指导员蔡玉芬，一组去西塘追杀主持全区工作的一区区委副书记孙锁成。

蔡玉芬看完病，动身回白湖寺，走出不到一公里，忽见区中队的刘湘涛分队长和几个人一起急匆匆迎面走来。

蔡玉芬忙打招呼："刘队长，哪里去？"

"送你上西天!"刘湘涛恶狠狠地答道,同时向蔡玉芬开了一枪。

蔡玉芬闪身跳入路坎,躲在一棵大树后拔枪还击,一名叛匪应声倒地。此时,她才知道,区中队出大事了,蔡玉芬击倒一名叛匪后越堤脱险。

区委副书记孙锁成在西塘检查工作,他正在街上一缝纫店一手端着茶杯,一手抱着一个不满两岁的娃娃逗乐时,突然发现五六个端步枪的人,径直朝店里走来。

孙锁成连忙放下茶杯,将小孩送进里屋。他刚拔出手枪,即被叛匪连发数枪击中,孙锁成当场牺牲。匪徒摘下孙锁成的手枪后,即返白湖寺。

这是一伙什么人,胆敢在解放后的街面上肆无忌惮地枪杀区干部,劫取枪支呢?那个刘湘涛是什么人?同刘湘涛接头盗取枪支的又是什么人?

这一切都还要从头说起。

1949年7月,岳阳和平解放。南下干部与解放军官兵同岳阳人民一道,以饱满的工作热情,投入轰轰烈烈的清匪反霸、减租减息等运动中。

然而,国民党残渣余孽和社会惯匪流氓并不甘心失败的命运,他们组织反革命武装,继续猖狂地与人民为敌,妄图夺回他们失去的天堂。

原国民党岳阳县自卫大队营长胡坤和胡春台,就是两名典型代表。解放前,他们充当岳阳反共头子、伪专员王翦波的爪牙,坚持与人民为敌,干尽坏事。王翦波

平息湘北暴乱

逃台前，即令胡匪潜伏下来，发展匪特组织，与共产党暗中争斗。

岳阳解放后，胡匪一方面伪装向人民投诚，一方面暗中网罗残匪伺机暴动。由于我党政策开明，胡春台、胡坤等弃暗投明的旧军人均受到宽大处理。胡春台被安排回原籍岳阳县康王桥参加生产，胡坤则被派往长沙军政大学受训。

然而，这些人时刻不忘他们失去的"天下"。他们乘县一区区中队组建之机，派特务刘湘涛等隐瞒身份，打入区中队，并假装积极，分别骗取了分队长等职务。

1950年2月，特务胡坤离开长沙军政大学，回到老家岳阳县平地乡，暗中与匪首胡春台、黄菊秋等纠集旧部，招募社会渣滓，组成武装组织。

3月26日，匪徒们在胡坤家集会，宣布成立反革命组织——"湘鄂赣闽边区剿共总部"。胡春台自任司令，胡坤、李高峰任副司令，方朝盘任书记长，黄菊秋任副官。同时，由胡春台出面，唆使原国民党团长李炳锡在临湘县纠合旧部，组织反革命地下武装；由胡坤出面在岳阳县秘密串联一批土匪旧部和恶霸地主，以互相策应，壮大声势，伺机在两地同时发动反革命叛乱。

3月底，胡坤纠集同伙10多人，召开反革命暴乱秘密会议。会上，特务刘湘涛等提供了一区党政干部及区中队人员武器配备情况。匪徒们分析认为，一区区中队虽有指战员60多人，但居住非常分散：一部分在白湖寺垦荒生产；一部分随同工作队到各村开展减租减息和反霸运动；留守区政府的人最少，加之有区中队几名特务互通情报，里应外合，十分有利于暴动。

经过策划，匪徒们确定了具体行动方案：首先设法夺取一区区中队枪支，得手后再攻打一区政府，抢夺公粮，摧毁农会。后夺取三、六区区中队武器，再会合李炳锡率领的叛匪，攻打岳阳和临湘县城。得逞后与王翦波等联系，寻求支援，进而同人民政府长期对抗。

此时，中和乡干部按照减租退押的有关政策，责成胡坤退还佃户部分钱粮。胡坤憋不住这口气，乘胡春台去临湘策动叛乱之机，擅作主张，决定提前发动叛乱。4月2日，他与特务刘湘涛等密谋策划了行动方案。

4月3日早饭后，刘湘涛采用调虎离山之计，假劝一区区中队副指导员蔡玉芬去治病，将蔡玉芬骗离驻地白湖寺。然后，又命战士们去白湖山上开荒。

10时许，胡坤率匪17人来到区中队，刘湘涛立即带领他们窃取了区中队的枪支，随即追杀蔡玉芬和区委副书记孙锁成。

随后，他们窜至康王桥，与混进区中队的6名特务会合，兵力增至23人。

16时许，胡坤率众匪至驻康王桥李家大屋的一区区政府，命10名匪徒在桥头和四周要道设下埋伏，将区政府包围，并切断电话线。

然后，胡坤带13名匪徒冲入区政府院内，区中队叛

平息湘北暴乱

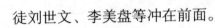

徒刘世文、李美盘等冲在前面。

此时，吃了晚餐的 15 名留区干部大多在房间，有的在阅读报纸文件；有的打点行李做下乡准备，对匪徒的突袭毫无戒备。

叛匪冲进区干部住所，正遇到县公安局侦查股长王良玉从房内出来，他们举枪便射，王良玉当场牺牲。与王良玉同住一房的区中队队长张三来听见枪声，立即拿枪进行还击，但他的左臂被枪打伤，血流不止，他忍痛继续搏斗，竭力不让匪徒冲入楼上。

独立团排长王应德、县大队干事马宗廷、炮兵连班长彭光朝、区中队分队长李梓清等听见枪声，知道情况有变，便各自为战，据守住房与土匪进行枪击。激战约半小时，子弹全部打光，4 人壮烈牺牲。

刚参加工作的区青年干部谭子贵，因缺乏战斗经验，听见枪声便走出房门观看，被土匪击倒。

正在另一房内研究工作的区长杨仲英、区委宣传委员侯国珍、妇女主任赵林钦 3 人听见枪声，知道情况不好。杨仲英看到情势危急，命令大家保存力量，突围出去。

侯国珍为掩护其他同志，一脚踢断窗户木栏，从 4 米多高的屋顶跳下去，将匪徒吸引到自己身边。杨仲英、赵林钦越过屋顶隐藏起来。

这时，赵林钦踩在瓦片上的脚一滑，蹬掉了一些瓦片，她的一只布鞋也掉了下去，被土匪发现。土匪马上朝她这边开了几枪。赵林钦扑在瓦上不动，只听外院的土匪喊："死了！"

胡坤见屋内人已杀光，即吩咐大股匪徒留下搜查钱财、武器和文件，自己则带了一名土匪去追赶侯国珍。侯国珍从屋顶跳下时，脚受了伤。她忍痛拔腿向西塘方向奔跑，将追击的土匪引出距区政府一公里多远。眼看就要被土匪追上，她转身躲入一厕所内。不料被埋伏的3名土匪抓住杀害。

胡匪血洗区政府撤退后，傍晚，幸免于难的杨仲英冒雨跑到30多公里远的县城报案。赵林钦从屋顶跳入水渠爬出后，浑身湿透，被当地一位老大娘救进家里掩护起来。

当日深夜，10多名匪徒到一区和平乡十四村，抓走了正在当地开展工作的区公安人员康镜秋和县公安局侦缉员陈海泉，第二天早晨将他们绑到西元冲枪杀，劫夺手枪两支。

由于通信遭到破坏，直到4日3时，岳阳县委才接到杨仲英的报案。县委书记赵冰岩立即组织有关部门负责人召开紧急会议，并向省委和地委作了汇报。会议决定成立由县大队政委陈仕林、县长罗西芳、公安局长范福海和长沙军分区独立一团政委王衍铎等组成的剿匪委员会，对岳阳驻军和地方武装实行统一指挥。

4月4日清晨，按照会议部署，岳阳县县大队和公安局的武装配合长沙军分区独立一团前往围剿。由独立一

平息湘北暴乱

团抽一个机动排和两个侦察班，县大队抽一个排，负责保卫一区区政府和押送捕获的犯人；公安干部负责了解敌情和审讯犯人；其余武装人员分头追歼匪徒。

与此同时，省委、地委指示邻近的湘阴、临湘、平江等县派出武装力量严密戒备，防止胡坤一伙向外地逃窜。

面对我追剿部队强大攻势，匪徒们化整为零，有的隐蔽山中，有的伪装劳动，有的躲进亲戚家。匪徒们还收买一些地痞流氓和落后群众，假报胡匪去向。

针对这种情况，追剿部队也化装成农民、学生、商人，分散侦察，张网捕捉。由于我军的严密搜捕，加上广大群众积极提供线索，自4日至27日，经过20多天日夜追剿，除匪首胡坤潜逃外，其余匪徒全部落网。

胡坤漏网逃脱后，只身逃至香港，与前期逃港的匪首王翦波、李高峰会晤，王翦波指使他潜返岳阳，继续组织土匪队伍发动暴乱。

1950年7月14日，胡坤在广州登上开往武汉的列车，15日傍晚在临湘县云溪站下车。

他化装成收购茶叶的小贩，溜回岳阳县平地乡桃花岭。在刺探剿匪部队的动向时，被农民李汤民一眼认出。胡坤欲逃，李汤民当即大呼"捉胡坤"。霎时，四面八方的自卫队员和农民群众手持柴刀、鸟铳、梭镖等蜂拥而来。

胡坤为摆脱群众的追捕，边跑边将金戒指、钞票撒在路上，群众视而不见。胡坤正要爬上一条 3 米多高的土坎逃脱时，被民兵梭镖刺伤，掉下坎来。这个十恶不赦的匪首终于落入人民的法网。

1950 年 8 月 13 日，在岳阳县城的岳阳楼广场上，根据人民群众的强烈要求，胡坤被县人民法庭判处死刑。

"四三"反革命暴乱平息后，为纪念在"四三"惨案中英勇牺牲的烈士，县委、县政府在一区及县城举行了隆重的追悼会，并将 11 位烈士的忠骨安葬在康王桥黄峁山中。

平息湘北暴乱

降伏太浮山 "南天王"

1950 年 4 月 4 日拂晓，解放军第一三八师四一四团及湖南省委警卫团共 14 个连的兵力，把湘北常德太浮山围了个水泄不通。

太浮山是常德临澧的第一大山，位于县城西南 12.2 公里处，与桃源、石门、慈利、临法等县相邻，主峰第一峰海拔 604.5 米。此山方圆 70 余公里，且山峰陡峭，林密草深，素为土匪藏身之所。

在太浮山区活动了 20 多年、人称"南天王"的土匪头子侯宗汉就盘踞在这里。

1950 年 1 月，侯宗汉将自己的 500 多名手下编成 3 个纵队，成立"中国人民湘鄂边区反共救国军太浮山清剿指挥部"，自任总指挥。

以太浮山区为基地，自设政权，并勾结地主、恶霸、帮会、流氓，成立各种反动组织，公开张贴反动标语，制定"十杀"政策，用以恐吓群众，逼民附匪。侯宗汉的"十杀"政策如下：

见解放军不跑者杀；

见杀人后向外宣扬者杀；

葬埋被杀尸首者杀；

和解放军及地方工作人员接近者杀；

给解放军送粮交草者杀；

给解放军带路送信者杀；

解放军住在谁家不报告者杀；

不站岗放哨者杀；

不送情报者杀；

不缴税费者杀。

同时，侯宗汉还设立"中国国民党湘西铲共团临澧分团机构"，任命祝英为主任，鄢璋为副主任；祝锦成、黄鳌、彭道宽等分任支队长、大队长。

他们在二区王化乡、陈二乡普遍建立乡大队，并自制土炮、单刀、梭镖、鸟枪等武器武装土匪组织。

他们日散夜集，杀人越货，利用"圈子"等手段，扩充匪势，控制地盘，培植党羽，勒索钱财。

祝英的一个中校副官彭魁士一人就发展圈子数百人，勒索银圆 4000 多块，收集长枪 16 支、手榴弹 12 枚、单刀 15 把。

他们还冲击区乡政府，抢夺枪支，明目张胆地杀害革命干部。

1 月份，祝英在太浮山地区杀害干部、无辜群众 200 余人；在王化桥郑家楼抢走公粮 5000 余公斤、短枪 11 支。

3 月份，他们又以"共党密探"之名，在太浮山杀

平息湘北暴乱

害 30 多个无辜乞丐。

侯宗汉还组织暗杀队，化装成商人、贫苦农民或地方政府工作人员，四处行凶。仅从 1949 年 12 月至 1950 年 3 月，遭其杀害的地方干部及群众中的积极分子就近 500 人，其反动气焰十分嚣张。

为了消灭这股顽匪，湖南常德军分区曾于 1950 年 3 月，调独立第九团的直属分队与第三营前往进剿，但因兵力不足，加之土匪消息灵通，地形熟悉，流动快速，几次出击都未得手。

中南军区高干会议之后，湖南军区文年生副司令员亲临常德，与军分区的指挥员共同分析匪情，总结前几次进剿的经验教训，重新作出了部署。

首先抽调中共常德地委和军分区的有关负责人，组成太浮山区工作委员会，统一领导剿匪和发动群众的工作。

然后，调整兵力。增调第一三八师四一四团一个营及湖南省委警卫团的两个连，加上原在太浮山地区的进剿部队，共 14 个连的兵力，分内外两层部署：在土匪活动的外围地区，布置一个连和县大队把守交通要道和控制消水渡口，防匪外窜；主力则集中合围太浮山中心地带，聚歼顽匪。

另外，加强情报工作。在所属地区由进剿部队、公安、民兵抽调精干人员组成侦察小组，掌握土匪流动线路及地下联络点，扑灭土匪的耳目。

一切准备就绪。4月4日拂晓，进剿部队分多路向太浮山中心区奔袭，将股匪分割包围。

经连续三天三夜拉网式的清剿，大部分股匪被歼。但未发现匪首侯宗汉的踪迹。

原来，这次进剿部队行动突然，出乎侯宗汉的意料。他虽然想到解放军会再来太浮山，但没料到来得这么快，包围这么严。自知无力抵抗，只好带上几名卫士及一些大米、炊具，逃进密林中的山洞，暂避风险。

但是，搜索分队来回穿梭，步步紧逼，逢林即进，遇洞必搜，迫使侯宗汉不敢久留洞内，只好在草丛中躲躲藏藏。

连续几天，侯宗汉和他的几个爪牙饥不得食，困不能眠，想逃下山去又遭封锁，实已无可奈何，不得不于4月9日晚上带着随从向解放军投降。

降伏侯宗汉的消息迅速传遍太浮山区，广大军民的剿匪热情更加高涨。

剿匪指挥部根据散匪插枪隐蔽的情况，随即下令剿匪分队以排为单位展开追剿。进一步发动群众，向散匪展开政治攻势。并配合当地人民政府，实行户口登记，控制来往人员；组织民兵、积极分子监视地主恶霸及伪保长、甲长等通匪分子的动向，使土匪在农村无藏身之地。

驻剿部队还采取多种形式，向广大群众宣传解放军的剿匪决心及对匪政策，并在当地举办匪俘管教班，对

平息湘北暴乱

一般胁从分子进行教育后释放；对作恶多端、民愤极大者，则依法予以镇压。

这样，广大群众人心得到安定，反匪防匪的自觉性大大加强，潜藏之匪也纷纷向地方人民政府登记自新。

经两个多月的积极清剿，太浮山区共歼匪 1340 多人，其中含校级以上军官 79 人。

为害太浮山区多年的匪患，终被平息。称霸一方的"南天王"，最终还是没有逃脱人民的法网。

公审 "西天王" 陈金次

　　1951年7月23日，石门县人民法庭在刚刚成立的湘西北办事处所在地磨市包家渡召开公审大会，公审罪大恶极的土匪头子"西天王"陈金次。

　　这一天晴空万里，烈日高照，小小的包家渡人山人海，群情激愤。

　　会场设在包家渡北坡的一片草地上，会场正面是一个用松柏扎成的正门，门上悬挂着"公审大会场"横幅，深处高台上是用松柏搭建的主席台，主席台宽大威严，横幅是"石门县西北区公审匪首陈金次大会"，上联是"公审匪首陈金次为死者报仇"，下联是"打垮恶霸西天王替生者除害"。

　　主席台两侧排列着系列漫画和黑板报，展示匪首陈金次20多年来为匪杀人、吊打群众、敲诈勒索、霸占人妻、抓兵派款的种种罪行。

　　会场四周挂满了"打倒地主"、"打倒土匪"、"为死者报仇"等标语。

平息湘北暴乱

　　县中队的战士荷枪实弹地布满了四周的大小山冈，公安队的同志们看押着要犯。

　　10时开始，来自西北区34个乡的1.2万余名劳苦大众陆续进入会场，64名受害者代表也在主席台的一旁就座。

石门是位于湖南省西北角的一个山区县。解放前，这里山高路远，人烟稀少，是土匪地痞残害百姓、烧杀掠夺活动最猖狂的地区，号称"西天王"的陈金次是这一带的主要匪首之一。

1949 年 7 月 25 日凌晨，我中国人民解放军第四野战军第三十八军一一二师在石门县人民的配合下，伴随着激越的冲锋号角，攻下石门县城，石门宣告解放。同年 8 月 5 日，新生的人民政府——石门县人民政府宣告成立。

这一天，到处都是欢庆的锣鼓，到处是热情的山歌，"打土匪分田地"的标语贴满了大街小巷、村村寨寨；"我们解放了"、"人民胜利了"的口号声响彻石门的沟沟壑壑。

随后，斗地主、揭罪行的声讨会在石门城乡全面展开，庆翻身、分果实，山里的人们沉浸在前所未有的欢乐之中。

面对人民的胜利，地主不甘心，恶霸不甘心，土匪不甘心，他们在负隅顽抗。

就在中华人民共和国成立的第 15 天，在国民党第十五军军长刘平的主持下，原石门县县长陈聪谟在所街成立了湘鄂边区石（石门）、临（临澧）、鹤（湖北省鹤峰县）三县反共联防指挥部，陈聪谟任指挥长，陈金次任第一纵队司令。

10 月 30 日，中共石门县委工作队在白云桥上遭土匪袭击，工作队员杨文春在与土匪搏斗中壮烈牺牲。

11 月 17 日，侯宗汉匪部趁夏家巷圩日，在圩场杀害我一区区长及战士熊金榜等 5 人；

同日，侯宗汉匪部又闯入水制仓库，将我仓库主任王兰亭等两人杀害；

11 月，湘西匪首田载龙在庄塔召集陈金次、朱际凯（朱疤子）、侯宗汉、白元左等湘西匪首开会，研究反共策略，协同反共步调。会后陈金次即率残匪窜至太浮山与侯宗汉残部会合，攻打我夏家巷政府及驻军。

新生的人民政权面临着生死存亡的考验。

为了维护新生的人民政府，为了保卫人民来之不易的胜利果实，为了使人民群众尽早安居乐业，党和人民政府调兵遣将，加大了湘西剿匪的力度，围剿之势山摇地动。

11 月 16 日，常德军分区四八〇团开赴石门，与石门县委、县政府共同组成剿匪指挥部，为期一年有余的湘西北剿匪斗争全面展开。

大军压境，湘西残匪已走投无路。1949 年冬，国民党十五军逃离石门西北乡，同年 11 月 29 日国民党新编一师政工处长、军统特务、匪首陈拔翠在慈利被抓获。

1950 年 3 月上旬，我太浮山剿匪部队，经过 50 余天战斗，剿灭叛匪侯宗汉部 1500 余人，4 月 9 日晚生擒匪首侯宗汉。在石门县境内仅剩的匪首陈金次残部已龟缩到石门西北的壶瓶山中合堰村一个叫向阳洞的地方。我

平息湘北暴乱

剿匪大军将这个山洞围成铁桶一般，陈匪无处可逃。

我军向其展开强大政治攻势，劝其缴械投降。经过一周的军事围剿和政治攻势，陈匪弹尽粮绝，人心涣散。

我军审时度势，于腊月初三派出曾在伪县政府当过秘书的陈匪的侄女婿唐纯携带着我军首长的劝降信进入向阳洞做进一步的劝降工作。腊月初四上午，匪首陈金次带着匪徒刘弟美、康从业等20余人举起枪支走出山洞，向人民缴械投降，石门县最后一股顽匪被剿灭了。

1950年4月14日，石门县人民法庭成立。刚刚成立的人民法庭的同志们夜以继日忘我工作，开始了特种刑事案件的审判。

13时整，主持人宣布大会开始，首先是64名受害者代表的愤怒声讨。然后，石门县人民法庭审判长吴斌进行宣判：

查匪首陈金次，男性，现年46岁，本县7区苏市15保财家峪人，出身惯匪，历任伪军排长，"鹤峰剿共自卫军"排长，"铲共义勇队"及"石、鹤联防剿总队"副队长，抗日自卫大队副队长，警察派出所所长，伪保安排、连、营长，保安总队副队长等职。二十多年来，一贯依仗权势，摧残革命，杀害人民，称霸一方，号称"西天王"。

他的罪行真是罄竹难书。

……

法庭认为，陈匪金次系罪大恶极，死心与人民为敌之匪霸分子，再无争取改造之余地，为维护人民之利益，彻底肃清匪特，坚决镇压反革命，巩固人民民主专政及接受广大群众的要求，替死者报仇，为生者除害。现经我庭审理终结。按照《中华人民共和国惩治反革命条例》第 7 条 3、4、5、6 款之规定，予以判处死刑，剥夺政治权利终身，并收缴其全部财产，赔偿群众。

呈奉上级核准，兹于 7 月 23 日将该犯验明正身，绑赴刑场，执行枪决。

在人民群众震天的口号声中，在 6 名军警的押解下，随着一声清脆的枪响，"西天王"陈金次结束了他罪恶的生命。

平息湘北暴乱

智擒匪首"郭和尚"

1950 年初，常德军分区剿匪部队开进湖南省桃源县境。

相传东晋诗人陶渊明在《桃花源记》中所描述的理想王国，就在这个桃源县。

然而，在旧中国，桃花源并非普通百姓的"世外圣境"，倒常是土匪强盗的出没之地。

解放前夕，全县盘踞着很多大型股匪。在桃源县的西南大古冲、九龙山、陈天池一带，有股匪"中国护民救国军洞庭纵队"，又称"九路军"，由郭和尚（郭炎）、刘新科任正、副司令；在新店驿、泥涂山一带，有股匪"人民反共自卫军桃源纵队"，安步州、燕桂峰任正、副纵队长；在李子溪一带，有股匪"湘西联防大队"，彭立芳任大队长。

这几股土匪，利用当地的帮会组织和封建迷信，造谣惑众，勒索粮款，给当地民众造成深重灾难。

1950 年春，就有 10 多名地方干部与部队零散外出人员遭土匪杀害。土匪头子郭和尚公然闹事，大声命令他的手下说："走，打到桃源去，我要活捉李铁峰（桃源县人民政府县长）！"

土匪们的猖狂行动已经严重地影响到了当地人民的

生活。为此，湖南军区决定，令湘西军区与常德军分区共同组织会剿，消灭这帮顽匪。

经两地党政军部门共同研究，作出了如下部署：以湘西军区直属工兵营为主，在沅水南岸布防，以堵住敌人的逃跑路线；由第四十七军四二二团和补充团抽调6个连的兵力从中间围剿匪"联防大队"；由暂驻常德的第三十八军一一四师，抽调师直分队6个连及第三四一团、三四二团全部，进剿匪"九路军"和"桃源纵队"。

4月25日，各剿匪部队进入预定位置。

26日，战斗打响。经连续多日拉网扫荡，俘匪"九路军"副司令刘新科、"桃源纵队"副纵队长宋浩魁等近200人，缴获大量枪支。

这次剿匪，由于在战术上没有注意隐蔽，使土匪能够及早分散潜藏，避开攻击；加上剿匪部队之间缺乏联络，扫荡中空隙过大，未能形成严密包围。因此，这次剿匪没有达到预期的目标。为了吸取教训，改进战术手段，剿匪部队召开了连以上干部会议。

平息湘北暴乱

第一一四师的指战员们在会议中总结说："我们部队从东北一直打到云南，从没遇到过这样狡猾的敌人。看来，我们用同国民党正规部队作战的那套办法来对付这些土匪，是错误的。现在，我们必须要研究一套新的作战方案来，才能将土匪们消灭干净。"

针对一一四师的指战员们提出的问题，剿匪部队又对剿匪方案作了新的调整部署。

会后，湘西军区部队返回原地，桃源县境的股匪由常德军分区和一一四师负责，展开全面清剿。

5月上旬，桃源县按照匪情分布情况，划出了剿匪重点区。

一一四师即以班为单位实施按点剿匪，做到了村村驻兵、路路有哨，要道设卡、渡口布岗，对土匪藏匿之地实行全面封锁。同时，与地方干部合作，大力开展政治攻势，宣传解放军的剿匪决心和对匪政策，并发动群众减租减息，进行生产互救。这使得广大农民真正感受到共产党是救星，解放军是靠山，因而剿匪和生产的积极性迅速提高。

农民群众提高了觉悟，便很快组织起了防匪治安组织，并由积极分子组成情报小组，主动侦察匪情，报告匪踪，使剿匪部队有了自己的"千里眼"、"顺风耳"。一些土匪家属，也自动写信或托人劝其亲属归案投降。

在剿匪部队强大的军事压力和政治攻势下，潜藏土匪既不敢活动，也无法吃顿饱饭、睡个安稳觉，不得不陆陆续续缴械投降。

至5月下旬，先后有匪首"桃源纵队"纵队长安步州、"湘西联防大队"大队长彭立芳等以下500余人向人民政府缴枪投诚。

4月下旬，"九路军"被击溃之后，匪首郭和尚即带着两名卫士，逃往汉寿县，以放鸭作掩护，潜藏在乡间的鸭棚内。

5 月下旬，鸭棚被汉寿县剿匪分队抄获，郭和尚只好乔装潜回桃源。

郭和尚的家在桃源县沅水西岸的岩板岭，此地三面靠山，一面临江，十分险要。郭和尚回家之后，被当地群众发现。剿匪部队三连得悉这一讯息后，即组织围捕。

三连连长是个雷厉风行的北方大汉，指挥作战勇敢、果断。当晚，他带领二排悄悄地前往郭和尚家。待一切布置妥当后，三连长飞起一脚踢开郭家大门，一个箭步冲进去，只见漆黑一片。忽听得后房有推开窗户的声音，连长和五班长一齐奔向后房，只见一个黑影纵身跳入江中。

"对，就是郭和尚！"追捕人员随即开枪，但只见水花飞溅，未有人影。

原来郭和尚从小就在江中戏水，练得一身过硬的水底功夫，能一口气在水下潜行百来米，所以在岸上很难击中他，尤其在夜晚，更是如此。

不久，剿匪部队侦悉郭和尚潜藏在白林洲他的姘妇那里。这白林洲，位于沅水江心，是个由淤泥长年冲积而成的小岛，四面环水，岛上住有几十户人家。

三连指导员考虑到上次让其逃脱的教训，特地召集骨干进行研究。决定先派副排长林湖章、班长唐健正和一名地方工作人员，化装成老百姓首先进入白林洲，了解匪情、熟悉地形，并暗地控制追捕对象。

随后，指导员利用暗夜亲率连队分乘两只小船，从

平息湘北暴乱

白林洲南北两边靠岸，迅速在岛上四周布置岗哨，封锁路口、要道，将郭和尚住的姘妇家团团围住。

天亮后，林湖章带上一个战斗小组，飞身跃入院内，直闯郭和尚的住房。进房后，郭和尚还没来得及起床，便当了解放军的俘虏。

指导员和副排长等人押着郭和尚来到了江边，准备乘船返回县城。这时，指导员用眼神示意大家：这家伙水性好，绝不能再让他从水下溜了。他和押解人员一齐把子弹推上膛，准备随时应对意外。

登船后刚刚起航，忽见一只天鹅从芦苇丛中飞起。指导员迅速举枪，"叭"的一声，天鹅掉入江心。

这快速神枪，让郭和尚不禁心惊肉跳。他知道，这是解放军对自己的警告。他战战兢兢地说："大军放心，这回我决不会逃跑。要跑就会和天鹅一样。"指导员和大家听了，会意地笑了。

从 4 月至 6 月，第三十八军一一四师和四十七军一部，以及常德军分区部队，在桃源县境共歼匪 5200 多人。

郭和尚等土匪组织的覆灭，使人间圣境桃花源，终于恢复了本来秀丽的面貌。

四、 打击湘南匪特

● 杨团长向土匪们说："只有投诚自新才是你们唯一的出路。"

● 县委书记立即下达了新的命令："公安局，马上封锁所有街道路口。"

● 群众感动地说："还是共产党好啊！共产党不仅给我们报了仇，还送来吃的用的，要不然，我们真不知该怎样活下去。"

抓捕"反共第三联队"

1950年3月，在湖南邵阳板子山上，一伙穿着杂七杂八衣服的人，正在听一个人"神情激昂"的演讲：

"第三次世界大战不久就会爆发，那时，美国就会出兵中国，国军就会马上反攻大陆，共产党的日子长不了。我是由台湾派回来的师长，诸位要和衷共济，精诚团结，迅速把队伍拉起来，日后按人数多少封官，论功劳大小行赏。至于队伍的给养将由台湾空投接济。"

这个讲得唾沫四溅的人是国民党特务戴旭。此时，他是奉"华中区反共救国军"总司令黄公亮之命，来板子山组建"华中区反共救国军第三联队"的。

板子山是湖南雪峰山的支脉。此处重峦叠嶂，群峰挺立，沟壑纵横，地势险峻。它北连海拔千米以上的天龙山、金龙山；东邻资江，远衔龙山；主峰铜鼓顶上有一岩洞可容纳百余人，素为土匪集散之地。

戴旭讲完之后，即以"华中区反共救国军第三联队"的名义，当场任命当地人唐伟为团长。到会人员听了戴旭的一番鼓吹，又眼见唐伟当上了团长，纷纷表示愿效犬马之劳。

唐伟受命之后，便潜往刚劲乡的坑冲，召集板子山地区的主要股匪头目李绍楚、何国球、苏矮子、李吉生、唐华封、李二仪、张柏青、何有典、隆爱生等人，密商行动计划，提出了"先打新田铺，再打宝庆府"的口号。会上，指定了苏矮子、李绍楚、何国球分别充当第一、二、三营的营长，何有典为独立营的营长。各路人马纠合起来，有400余人。

这伙匪徒编成团队之后，即在邵阳地区大肆进行破坏活动。

他们围攻刚劲乡派出所，烧毁档案文件，劫走3支长枪；包围区中队，掠走一挺轻机枪和4支步枪。

一次，邵阳专署专员魏国元乘车去新化，在巨目铺遭到唐华封匪部截击，车被打坏，车内物资被抢，魏国元在一随行人员的舍命救护下才脱险。

土匪的罪恶行径，严重危害了人民的生命安全。为了消灭匪徒，中共邵阳地委和邵阳军分区，与第四十六军驻邵阳地区剿匪部队，迅速组成了板子山地区剿匪指挥所。参加进剿的部队有：

一三六师、一三七师所属部队和独立第十五团、第十六团，以及邵阳二区所属部队和新化四区和隆回二区的区中队。

由一三六师教导队的3个连作为机动，驻新田铺。

指挥所由独立十五团团长杨保智任指挥长，四〇八团政治处主任王潭任副指挥长。

指挥所建立后，立即组织参剿部队向股匪集中的五湖庙、沙子田、渡头桥、姚口渡、贺家冲等地，连续实施了5次奔袭合围，歼灭了部分土匪。

针对清剿部队的打击，土匪也采用了更多的花招进行应对。例如，他们采取假投诚的方法，只缴坏枪，不缴好枪；缴长枪，留短枪；造成一派投诚假象；更有甚者，利用假投诚刺探军情，暗中联络山上土匪。

还有的土匪施舍小恩小惠，收买落后群众，换取隐身场所。他们把从外地抢来的东西，分给身边的百姓，使匪区百姓听其使唤，为之掩护。

还有的土匪利用县境边界地带防务松、空隙多的情况，骑墙跳跃，流窜四方。并设置迷魂阵，使清剿部队到处扑空。

针对土匪的各种把戏，剿匪指挥部根据邵阳地委和军分区的意见，决定改变军事打击的方法，实行剿匪总体战。具体做法是：

地委、专署、军分区联合成立龙（山）板（子口）地区工作委员会和剿匪委员会，统一领导当地的剿匪工作和武装力量、基层政权的建设工作，这就打破了县界，便于统一指挥，堵塞土匪流窜的通道，也便于集中各方面的力量协同剿匪，形成剿匪的合力。

军地混合编成工作队，实施按点驻剿，逐步实现面的控制。剿匪部队以排为单位，地方干部以组为单位，两者相互配合，共驻一地，白天共同发动群众，组织清匪，晚上相互交流情况，研究行动方案。这样，剿匪部队的消息灵了，耳目多了，掌握土匪的动态准了；而地方干部与部队在一起也有了安全感，工作更为顺手，更加深入，效果亦日益明显。

工作队开展减租反霸，组织农会，建立民兵队伍，让翻身农民依靠自己的组织和武装，去清除匪霸，扫荡封建势力，保卫胜利果实。

区、乡分别召开投诚自新人员、匪属、保甲长及地主分子会议，宣传"首恶必办、胁从不问、立功受奖"的对匪政策，指明出路，交代任务，促使土匪分化瓦解。

通过总体战的实施，板子山地区群众发动起来了。原先被土匪控制的刚劲乡，至5月底，有一万多农民参加了农会，组织民兵达1000多人。

刚劲乡第12保农协主席刘松生，劝服李冬生等6名土匪投降；第17保争取了匪首孙华生率领10名匪徒投降；乡中心小学五年级学生谢锦文，劝服其胞兄谢焕文投诚。全乡出现了人人做清匪工作的局面。

二区工作队在群众的协助下，活捉了匪首李云生，争取了杨腾、隆维城等80多名土匪的投诚。解放军四〇八团三营争取到李绍楚、张吉桂等9名匪首和160多名匪徒投诚。独立第十五团争取到匪首罗明及40名匪徒投诚。参剿部队还缴获了一大批枪支弹药。

原先土匪活动猖獗的白云铺，区政府和驻军在这里共同召开了一个土匪缴械投诚大会。开始，有80多名土匪向区政府缴出枪械，登记自新。但在这些人中，知名的土匪没有一个，所缴枪支多系破烂的，区政府和独立十五团的领导发现后，便在街上摆上10多张八仙桌，招待这批人吃中午饭。

杨团长乘吃饭时向投诚人员说："今天请各位吃顿便

打击湘南匪特

饭，是想借此机会重申我们的一贯政策，只要你们能够改过自新，那么我保证政府对你们以前所犯的错误可以既往不咎。但是，今天，你们的人并没有到齐，枪呢？也没有全交，所以，我们今天还是先不收取你们的枪支。只是要求你们回去后不要再做危害群众的事了，同时你们回去还要转告其他的兄弟，要他们和你们一起来投诚，到时候我们一起收集你们的武器。一句话，只有投诚自新才是你们唯一的出路。"

饭后，独立十五团又将这些破旧枪支一一退还给登记缴械的土匪，并叮嘱他们早日前来结案。

这批投诚人员见解放军宽宏大量，以礼待人，回去后便奔走相告，约集同党相继来降。不到一个月的时间，向各投诚处登记自新的就达 500 多人，交枪 400 余支。

在开展政治攻势的同时，邵阳专署公安部门在城内还一举摧毁了"第三联队"的指挥机关，逮捕了联队副司令罗道、参谋长罗良谋。

同时，各剿匪分队广泛采用封山堵口、要点设伏、围宅搜捕等方式，缉拿逃匪。剿匪分队先后在小庙头、石斜、顺水桥等地，将匪首苏矮子、唐伟击毙，从洞中搜获匪霸陈建坤。匪司令戴旭面临四面楚歌，难以藏身，不得不溜出板子山，后被黔阳县公安局捕获，押回了邵阳受审。

这样，作乱多时的"第三联队"，彻底覆灭。

破获零陵匪特纵火案

1951 年 2 月 20 日，是中国的传统节日元宵节。

这天上午，位于湖南省南部的零陵县城中学的大操场上，汇集了当地的上千名群众，零陵县委、政府、军事管制委员会三家联合，将在这里举行抗美援朝、拥军优属的军民联欢大会。

9 时，会议主持人、零陵县文化馆馆长陈雁谷宣布：联欢大会游行开始。各界群众按各自单位的顺序走出会场，沿着大会规定的路线，举着各色彩旗，敲锣打鼓地开始进行庆祝活动。

人群不断汇集，口号声此起彼伏，喧嚣的北风在这时已被压得无声无息，只是把队伍的口号传得很远，在远处山上不时传出回声：

"毛主席万岁！"

"共产党万岁！"

"打倒美帝国主义！"

"中朝人民友谊万岁！"

不少老人、孩子随着队伍行进，夹道观看的人很多，气氛十分热烈。

一个多小时后，游行结束，大家又按次序进入广场，接着听县长、书记、军代表在大会上讲话。

游行队伍全部进入广场后，刚才还很喧闹的街道一

打击湘南匪特

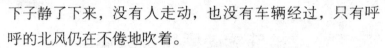

下子静了下来，没有人走动，也没有车辆经过，只有呼呼的北风仍在不倦地吹着。

这时，有一小队人像幽灵似的在街上忽隐忽现地前行，他们的手里有的拎着包，有的提着桶，不久又隐没了。

11时，会场街边的多处地方突然冒出股股浓烟。

"不好了，起火了。"会场上的人大叫了起来。

原本要举行的仪式被迫终止，不少人纷纷离开会场，奔向出事地点。

县长通过麦克风要求全体党员、干部、解放军指战员迅速到火灾现场，组织和帮助群众扑灭大火。党员、干部、解放军战士听到命令后迅速到达了火灾现场，一些人还加强了对未出事地点的警戒，防止有人再趁机放火。

这天天空正刮着4级风，零陵县城很快便笼罩在一片火海之中。大火越烧越旺，在很远处就觉得热得烫人，一排排房屋不断被蔓延、燃烧。

党员、干部、解放军、群众全部投入到了救火的行列。县长、县委书记也亲临现场，他们大声下达着各种救火命令。

一桶桶水被送上来浇到火上，一个个头披湿麻袋片的人冲进大火，抢救财物，但是火太大了，风太急了，拎来的水根本是杯水车薪、无济于事，大火依然无情地蔓延着，受灾的老人、孩子哭成一片。

屋子里的居民都忙着把自己的财产搬出来，堆在没火的地方，然后再转身去救火。可就在他们离开后不久，原来没火的地方又突然地冒出一团火焰。本来人们已经把火势控制在一定范围内，谁知随后又莫名其妙地被再次点燃。

火场上的干部、群众和迅速赶来的消防队员们从 14 时一直奋战到 16 时，大火此伏彼起，始终没有减小的迹象。

这时候，人们听到军代表急促的声音："快多来几个人，跟我上，把边上几座房子推了，快，快!"一些人随着军代表冲向那几座大火还没有蔓延的房子。

"首长，这些房子没着火，为什么要往这儿来，还要推倒它?"有个战士不解地问。

"推倒这几座房子，大火就烧不过来了，为了更多的房子不遭灾，我们只能牺牲这几间房子了。"

"首长，您就赶快拆吧，这是我的房子，共产党员应该作出这些牺牲。"房主对军代表喊道，并第一个拆了自家的大门。

在数百人的努力下，几间房子很快被揭去顶盖，剩下光秃秃的几面砖石墙。火势总算被控制下来了，蜿蜒的火龙，到这儿，像一下子被掐住了脖子，挣扎了几下，始终没有越过这段防火隔离区。

17 时，大火渐渐被扑灭了。人们痛苦地蹲在自己被烧毁的家前叹息、啜泣，景象十分凄凉。

"一定是有人故意放火!"这个念头出现在救火领导同志的脑海里。

县委书记立即下达了新的命令：

"公安局，马上封锁所有街道路口，不准任何不明身份的人进入火场。"

县公安人员领命后立即在火场外封锁了各大小路口，监视行人的出入；一批便衣人员在火场内外秘密巡视，探查起火原因，捉拿纵火罪犯。

不久，县公安人员在县城的一个角落中发现了几个可疑的人物，那几个人见势不妙，企图逃跑。

"站住，再不站住就开枪了！"公安人员迅速追赶上去，一边追一边喊。

那几个人还没跑出多远就被抓住了，他们正是这场纵火案的其中几个罪犯。

当晚，成立了以县公安局长为首的"大火专案组"，对案件开始调查侦审。经采取群众揭发与调查取证、政治攻势与打击镇压相结合的方法，迅速查明了案件真相，原来这是一起由国民党特务张景星等人蓄谋策划的反革命纵火案。

张景星，生于 1915 年，零陵县大夏乡人，1940 年毕业于湖南大学，同年加入国民党。1947 年任国民党零陵县党部书记长。

解放以后，张景星假装积极，骗取了当地干部群众的信任，没有对他进行进一步的审查。后来，他又与县外特务取得了联系，成为国民党"湘桂黔人民反共自卫救国军"的重要分子，上级要他在零陵潜伏待命，并收集残余特务和地主，组成特务小组。

张景星很快找到了原零陵国民党三青团干事长王养吾，以及欧阳绍庆、唐玉清等人，建立了一个特务小组，多次密谋进行颠覆活动。

1951年2月19日，张景星在零陵朝阳岩召开秘密会议，召集匪特密谋元宵节纵火烧城。

人陆续到齐后，张景星便开始了他的指示，他问："怎么样？你们的放火工具准备好了吗？"

他的一个属下说："准备好了，汽油、燃烧弹、硫黄球、打火机、棉花，已按您的吩咐办好了。再要什么，我们一定尽快准备。"

张景星又问："这些东西现在放在什么地方？"

属下回答："分成了3份，我和邻居家中各放了一份，还有一份在外面埋着。"

张景星阴险地笑着说："很好！"他从兜里拿出一张事先准备好的零陵县主要目标地图，把它摊在一块石头上，旁边几个脑袋立即凑了过去，借着手电筒的微光看起图来。

在他们看图的时候，张景星说道："共匪准备在明天搞一个示威游行，城里的人和共军都要参加，这样城里就空了，正好是我们下手的时候。我决定，明天上午放火，火烧零陵城。具体行动计划，由王养吾给大家布置。"

王养吾指着地图开始布置："明天共匪的游行示威将在早上9时开始，由大街的东头集中，沿街游行一圈，然后到广场那儿开个群众大会，时间大约在11时，我们的行

打击湘南匪特

动在 11 时开始最好。我们的行动这样安排，分两个小组，一组由张书记（张景星）带领，沿大街放火，另外一组由我率领，烧大街外的主要目标。注意各人得手后，要马上离开现场，不要贪大功而误事，坏了大事。"

2 月 20 日上午，零陵专区党政军民 7000 多人，在零陵县城中学的大操场上召开抗美援朝拥军优属联欢大会。张景星等匪特按计划行动。

10 时，他们先放火烧工商联办公楼，因被及时发现扑灭。11 时，张景星等匪徒同时在全城多处放火。

火灾给零陵群众带来了极大的危害，县城 600 米的一段街道化为一片瓦砾场，512 栋房屋被烧毁，死伤 4 人，632 户 2677 人受灾，损失达 159 亿元。

3 月 7 日，零陵县委、军管会召开公审大会，前来的群众达万人以上。通过公开审判，军管会判处张景星、王养吾等 22 人死刑，立即执行。

灾后，零陵县委立即发放粮食赈济灾民，并给受灾户送来棉被等物，安排好他们的住处和生活。群众感动地说："还是共产党好啊！共产党不仅给我们报了仇，还送来吃的用的，要不然，我们真不知该怎样活下去。"

五、 清除湘西匪患

● 彭玉清向匪兵们鼓劲："抓住一个侦察兵奖光洋 50 元。"

● 凌晨 2 时，60 多名干部、民兵悄悄地围住了黄大渊的住宅。

● 湘西边缘区会剿的胜利结束，打破了"湘西土匪永剿不灭"的神话。

麻阳城再度解放

湖南解放后，湘西一带由于环境复杂、地势险要，成为国民党土匪的主要栖息地。

1950年2月，湘西军区决定组织沅陵、会同两个军分区的部分兵力，进剿麻阳。

麻阳县四周环山，境内崇山峻岭，密布原始森林，交通十分不便。盘踞在麻阳地带的股匪有国民党"暂编第二军"张玉琳部2000余人；地方势力派、国民党麻阳县长龙汉奎部1000余人；惯匪、"麻阳人民义壮军"团长聂焕章部1000余人，以及从其他地区窜逃至此的股匪1000余人。他们划地割据，上麻阳为"义壮军"的势力范围，下麻阳则为"暂二军"的活动地区，受害的老百姓对这种"处处有匪、日日有难"的日子十分怨恨，盼望早日结束。

早在1949年9月下旬，人民解放军第三十八军一一二师曾解放了麻阳县城。当时，衡宝战役展开在即，部队处在战略进军之中，所以这个县没来得及组建人民政权和建立党的领导。

大军开进时，当地官绅田达光等人组织维持会，支援大军过境。大军过后，当地官绅继续把持领导权，与当地股匪相勾结，仍然实施旧的统治。

他们利用合法组织的名义对人民群众横征暴敛，敲诈勒索。整个麻阳县，实际上处在土匪的控制之中，其中张玉琳股势力较大。

张玉琳，麻阳县茶田拢人，1918年出生在一个大地主庄园。1929年，在当地匪霸相争之间，张玉琳的全家被土匪杀害。张玉琳改名换姓，逃至沅陵读书。

家人的惨死，给张玉琳留下了严重的创伤。他放弃升学，报名参加了常德社训总队，受训半年后被任命为社会军事总队小队长。

为了报仇，张玉琳辞去了官职，回到老家从后山挖出了10多条他父亲生前埋下的枪，组织了20多名家丁，在一天夜里将仇人杀死。随后，报了仇的张玉琳带上这20多名家丁上山为寇，开始了他的土匪生涯。

1949年春，张玉琳与另一土匪头子石玉湘联手，占领辰溪兵工厂，夺枪上万支，然后发给乡民，成立"国防军第一军"，自任军长，石玉湘为副军长。

1949年7月，原国民党永顺第八区专员兼保安司令张中宁，奉蒋介石之命专程从美国赶回辰溪，收编张玉琳。

张玉琳内心很激动。他多年想甩掉"土匪"的帽子，换上"国军"头衔的愿望，今天终于实现了。

酒宴之后，张中宁让军官们在大厅列队，宣读任职命令：

"奉蒋总裁的命令，任命张中宁为暂编第二军军长；

清除湘西匪患

张玉琳为暂编第二军副军长；李师鲁为暂编第二军参谋长；杨长耀为暂编第二军政治部主任。米昭英为暂编第二军第六师师长，驻防辰溪；石玉湘为暂编第二军第七师师长，驻防溆浦；胡震为暂编第二军第八师师长，驻防麻阳。"

1949 年 9 月，人民解放军第三十八军、三十九军，分两路直入湘西。18 日晚进占沅陵城。接着，第一一二师向麻阳挺进，29 日，解放麻阳。

"暂二军"闻风逃窜，军长张中宁逃往芷江，乘飞机逃跑，张玉琳等人就地藏了起来。

大军过境之后，张玉琳等人感到压力减轻了，又在麻阳一带开始活动。

1950 年 2 月，湘西军区决定组织沅陵、会同两个军分区的部分兵力，进剿麻阳，具体部署是：

沅陵军分区即第一三九师四一六团和四一七团进至麻阳北部高村以及凤凰县一线，四一五团进至中和铺；会同军分区即第一四〇师四一八团、四一九团和四二〇团的一个营分别集结于榆树湾、左江、晃县等地，从南、北两个主要方向采取分进合击的战术对土匪实施夹攻。

2 月 10 日，麻阳合围战正式展开。

四一六团两个营从凤凰出发，沿凤凰边界南下，在李家坳、江家坪、肖家坡一线留下一个营堵截西逃之匪，一个营进至羊头司和瓦屋地区，由北向南直取麻阳城，消灭龙汉奎、田达光土匪；四一九团分别由晃县、便水、

共和国的**历程** · 三湘报捷

大小洪山出发，北上与四一六团衔接，由西向东进攻下麻阳，合击"义壮军"聂焕章和杨永清等股匪；四一七团由高村出发，分数路合击麻阳城东北的龙家铺、房家庄地带之周开宣、胡震等股匪；四一八团和四一五团一个营由怀化和中和铺一带出发，从东向西合击麻阳城东江口地区之张玉琳匪部。四二〇团一个营分布于怀化、麻阳边界，防匪东窜。

在合围中，各进剿分队依照指挥部的统一部署，按时进入了指定位置，并主动出击，打击股匪。

四一七团和四一六团一部，在进抵麻阳县城邻近地区时，由土匪武装控制的县长兼自卫总队司令龙汉奎、国民党军少将军官田达光，自知与解放军对抗不行，便与匪首聂焕章、周开宣、特务张嗣孝等人密谋，企图以假投降方式诱骗解放军入城后聚而歼之。他们派人到高村向四一七团报告："县长龙汉奎已与各方面人士达成协议，欢迎贵军进入麻阳县城。"

四一七团非常警惕，首先派出一个连去试探情况，结果在土地坳遭到土匪伏击。四一七团随即用武力强行进驻麻阳城，迫使龙汉奎、田达光率部400余人投降，但聂焕章等匪部逃出了包围圈。

匪"暂二军"张玉琳部，获悉解放军进了山时，即令其所属各部分散活动。进剿分队则采用军事打击与政治瓦解相结合的方式，展开围剿，至2月17日，消灭张玉琳部500余人，其建制系统和指挥机构被打垮。

清除湘西匪患

随后，四一六团北上古水，四一八团、四一九团南下左江，四一七团则在麻阳县境内发动群众，建立政权，继续清剿股匪。

在解放军的军事打击下，逃匿于山林之匪走投无路，不得不走出山林。匪"暂二军"副军长张玉琳潜逃香港，所属"第七师"副师长胡振华及一团团长张治平、邓远胜、傅玉湘等600余人投降，我军共收缴轻重机枪40余挺、步枪600余支。

至此，麻阳地区人民迎来了真正和平的日子。

解放军合围兴隆场

1950 年 2 月，沅陵军分区一三九师四一六团参加完"麻阳合围战"之后，又奉命进驻泸溪一带剿匪。

泸溪位于湖南省西部，湘西土家族、苗族自治州东南部，是土匪活动的又一个重要地点。解放前，土匪徐汉章就在此长期为匪，后被国民党收编，担任"暂九师"副师长兼"第二旅"旅长，他手下有 5000 多人。

1949 年 9 月，泸溪县城解放，徐汉章闻讯，率领"暂九师"主力逃往兴隆场，继续顽抗。

为了迅速瓦解"暂九师"的武装势力，沅陵军分区一三九师派政治部谢主任和泸溪县二区副区长郝静恩二人前往中塘与徐汉章谈判，想以和平方式平息这一带的匪患。但徐汉章匪性不改，竟然劫持我方谈判代表。

一三九师及县人民政府当即对徐匪进行了警告，徐汉章慑于我军强大威力，不得不将谢、郝两人送回。并假意打出"投降"的旗号，但在大军过后，他又露出了残暴凶恶的本来面目。

1950 年 1 月 25 日，徐汉章派部下杨云飞及乾城股匪张跃发共 1000 余人，在泸溪松柏潭与乾城黄连溪一带，袭击护送货船的我四十七军直属山炮连，抢走食盐 5 万多公斤及其他货物，杀害解放军战士多名。

清除湘西匪患

"暂九师"的行动,激起了当地群众和湘西军区指战员的无比愤恨,他们纷纷要求迅速出击,消灭这股顽匪。

军区首长将围剿任务交给了一三九师四一六团完成。四一六团领命后,首先令团部机炮连进驻泸溪县大陂流。

大陂流,地处武水河边,湘川公路穿境而过,是一个拥有数百户人口的大村落。盘踞在这里的土匪,就是抢劫解放军护航商船的杨云飞部。

杨云飞是徐汉章手下的一员得力干将,此人大字不识一个,鬼点子却有很多。他为人心狠手辣,是个杀人不眨眼的刽子手。

解放军进入湘西后,他以大陂流为据点,率领匪徒在泸溪、乾城边境及公路沿线,多次抢劫解放军军车和军用物资,并伤害多名解放军战士。

为了消灭这股顽匪,四一六团机炮连在连长王雪清的率领下,像一支楔子揳入了土匪的心脏。

王雪清是杨云飞的老对手,早在年初杨云飞伏击运盐商船时,担任那次护航任务的就是他。那时,王雪清在军直山炮营任副连长,率领两个排60多人,护卫48只商船200多名船工溯武水向所里进发。在遭遇杨云飞1000多人的伏击中,王雪清指挥护航战士英勇还击,终因寡不敌众,护航战士大部分牺牲,仅5人带着不同程度的枪伤幸存下来,48只货船全被掠去。

王雪清伤愈后,调任现在的机炮连连长。这次奉命进驻大陂流,他首先想到的就是找杨云飞算账。

然而，当王雪清率领机炮连进抵大陂流后，却已没有了杨云飞部的踪影。经向当地群众了解，王雪清才知道土匪们已闻风逃往离大陂流20多公里的小龙溪地区。

　　王雪清立即请报告消息的群众带路，这些群众都是深受过土匪迫害的苦难百姓，他们非常乐意为解放军提供帮助。

　　经过准备，当天晚上，8名带路群众各领一个班，分成多路直奔小龙溪。

　　从大陂流到小龙溪的路都是山路，很难行走，当进剿分队赶到小龙溪时天已大亮，浓雾也快散尽。

　　王连长立即下令冲进寨去，战斗刚一打响，土匪就四散逃跑。战斗结束后，进剿部队只抓到10多名散匪，缴获10多支步枪和3部电话机，以及几桶盐巴，其余土匪全部逃跑。

　　机炮连返回大陂流后，将这次奔袭小龙溪的情况向团部作了汇报。团部经过研究，决定一面派人对杨云飞进行劝降，一面集中兵力，进行军事解决。

　　几天之后，劝降工作未见起色，团部随即下达攻击命令，具体部署为：驻马颈坳的二营从西北张网，阻止乾城匪首梁光湘、熊高宙对杨云飞的增援，并由北向南压缩，防杨匪北窜；王雪清率机炮连和团直警卫连担任主攻，由南向北推进。

　　南路部队在团司令部刘副参谋长的指挥下，连夜渡过武水，迅速来到两狼山下，对土匪构成了一个弧形包

清除湘西匪患

097

围圈。天一亮，即对土匪发起突袭。杨云飞被这突如其来的枪炮声打得晕头转向，连忙下令撤退。进剿分队乘势冲上山去，一阵猛烈攻击，歼匪100多人。

杨云飞退到桌子坪后，尚有200多人，4挺机枪。他赶紧把匪兵分布在桌子坪的几座山上，妄图凭借山高林密，负隅顽抗。他的如意算盘是，抵抗一段时间，乾城匪首梁光湘、熊高宙得到消息会派兵来救援。他哪里知道，前来增援的梁、熊匪部已被解放军阻击部队打得落花流水。

此时，南路的机炮连、警卫连也追到桌子坪，占领了几座山头，与杨云飞匪部形成了对峙局面。

机炮连、警卫连正欲向匪部发起攻击，突然从西北方向响起了"嘀嘀嗒嗒"的军号声，这是二营部队赶过来了，刘副参谋长令机炮连司号员赶紧吹号回应。这样，两支部队就开始从南北两个方向向土匪盘踞的山头展开了攻击。

夜幕降临，解放军向土匪占领的山头上空连打数发照明弹，将土匪的阵地照得一清二楚。机炮连的重机枪、迫击炮也一齐开火。土匪从来没见过这照明弹，不知道这是什么新式武器，一个个慌了神，四处逃散。

杨云飞见人心已乱，无法指挥，就让几个心腹将多余的枪支埋掉，然后分路逃命。

此时，南、北两路解放军已封锁一切路口，并在三岔口处设下埋伏，捉拿逃匪。到天亮，打扫战场，有几十名土匪被击毙，100多名土匪被俘，枪支弹药散遍山头。清查被俘土匪，却没发现匪首杨云飞，原来杨云飞已只身乘坐一只小船，沿沅水逃往常德。

数月后，从泸溪县政府传来喜讯，杨云飞在此处被泸溪县人民武装飞行小组捕捉归案。

杨云飞股匪的覆灭，狠狠地打击了匪首徐汉章的嚣张气焰，也坚定了当地群众剿灭土匪的决心。

1950年3月上旬，湘西军区决定对徐汉章股匪实施合围。一三九师四一五团的两个营，四一六团的一个营，分别从泸溪、凤凰、麻阳出发，多路合围兴隆场。

3月3日拂晓，薄雾蒙蒙，晨风习习。各路人马朝着预定目标开进。

四一五团一营兵分两路，一路进至巴斗山北麓，截匪后路，一路从合水进至乃野溪，经磨州直插彭总管村。

彭总管村四面环山，仅有狭窄出口通往合水，形似口袋。土匪李子斌团的一个连驻守在村边山头上的一座庵堂里。

进剿分队派出一个尖兵班，静悄悄地干掉了匪徒设在村口的哨兵，然后向庵堂发起猛攻。但庵堂里的匪兵居高临下，拼死顽抗，尖兵班一时难以攻克。四一五团团长立即命令向庵堂开炮。炮弹像长了眼似的，落到了庵堂的天井中，匪连长符云先被弹片击中腹部，慌忙率匪徒后撤。

进剿分队进入村中，一面搜捕散匪，一面安定百姓，

清除湘西匪患

并向空中发射 3 颗信号弹，向另一路告之彭总管村已经被攻克的消息。

正在东侧都兰山上与土匪激战的解放军指战员，见到了信号弹，攻击更加勇猛，匪李祥云团见支持不住，慌忙向木蛇、都里坪方面逃窜。

四一六团三营，由团参谋长带领，在泸溪县人民自卫总队的配合下，在猪石冲、磨刀岩、吕布溪等地与匪相遇。土匪见大兵压境，一触即溃，战斗很快结束。

经过连续三天的追歼、搜剿，四一五团三营生俘匪大队长杨瑞生以下 160 余人，缴获火药 2.5 万公斤，步枪数十支。在强大的军事打击下，兴隆场土匪有的缴械投降，有的则四散逃离。

兴隆场解放后，匪团长李子斌在附近潜藏了几天，见解放军日夜搜索，走投无路，只好乖乖地出山投降。

解放军合围兴隆场时，徐汉章事先得到了消息，将主力调往夏安乡隐蔽，自己则躲在石榴坪遥控指挥，当得知兴隆场失败的消息，他很快逃出了解放军的包围圈。

但剿匪部队很快侦悉到徐汉章的行踪，并令四一六团的两个营于 3 月 8 日凌晨 4 时分三路向徐匪窝藏地达岚进发。

团政委李光旭亲自带领两个连从兴隆场出发，上大岩州，包围新田土匪，截断他们的退路。参谋长刘定国率领另一路从浦市出发，以一个加强连堵住新田水牛凼要道，以防匪往岩牛山方向逃窜；再一路由王副团长率主力一营，从浦市出发经长坪冲大垄，迂回到达岚境内的岩寨，从正面直取高坳，然后再进攻达岚坳和新田。

达岚坳山高百丈，地势险峻，山间仅狭窄的石板小路通往山下。山坳两侧各有一个山峰，既可控制山下达岚坳的大道，又可用火力封锁达岚西侧的山岭，盘踞在此的土匪营长李健清就企图凭借这里的险要地形进行顽抗。

王副团长看了看地形，立即兵分两路，沿达岚坳左侧的猪场岭和右侧的檀木岭向上攻击，并令炮兵向山坳顶部轰击。

从右侧往上的小分队冲到离坳顶不远的一个小山头后，遇到李健清匪部的机枪封锁，解放军一名战士趁土匪机枪突然停射的瞬间，猛地甩出两颗手榴弹，部队趁着手榴弹爆炸的烟雾冲上制高点，占领了达岚坳。

李健清率匪众只得往新田方向逃去。

守在红岩坳的土匪李云厚带领 100 多人来到麻坪天堂坡，同徐汉章的机炮连 80 多人会合，分两路反攻达岚坳，想重新夺回制高点。但多次冲击，都被解放军击退。李云厚只好带上十几名残匪，逃回老巢石榴坪。

3 月 16 日，四一六团派出一个排，进攻石榴坪，石榴坪守敌一击即溃，徐汉章率残匪流窜于麻阳、凤凰、乾城边界地带。

3 月 29 日，徐汉章在大华乡被剿匪部队痛击，右脸被打伤，身边仅剩两名匪徒，只得昼伏夜出，潜往外地。

清除湘西匪患

兴隆场合围战，历时半月有余，共歼匪 1000 多人，缴获枪支 1000 多支。但由于兵力分散、包围不严，未能实现全歼股匪的目标。

流窜到外地的匪首徐汉章直到 1952 年 1 月才被泸溪县人民政府捕匪行动小组缉拿归案，其余匪众则在其他地区的剿匪战斗中被陆续抓获。

猛追土匪"灵鸡公"

湖南解放后,在湘西芷江县的东北地区,仍有一股土匪在芷江、怀化边界地带抢劫百姓,袭击解放军,成为当地为害最大的一股顽匪。

一天,我军四二〇团侦察排长刘玉飞带其侦察排出巡。行至芷江县孟家坳,已是中午时分,便准备在此停留吃饭。

刘排长看了看村外的地形,在四周布置了警戒,便进村去准备做饭。

正当侦察排开饭时,忽听3声枪响。刘玉飞知道这是自己的哨兵鸣枪示警,说明情况紧急。大家立即丢下饭碗,跑步抢占村后的主峰。

袭击侦察排的这股土匪,为首的名叫彭玉清,芷江县公坪乡人。15岁上山为匪,嗜杀成性。他原名彭仁基,乡间民众因惧怕不敢直呼其名,但又恨他入骨,故特意将其尊称"仁基公"念成"灵鸡公",以示丑化和泄恨。

彭玉清匪部虽然只有500多人,但其武器精良,配备齐全,拥有山地作战的迫击炮、轻机枪、冲锋枪、卡宾枪等,是湘西股匪中战斗力较强的一支。1949年3月,彭玉清率100多人洗劫黔城,受到"长沙绥靖公署第三纵队"司令杨永清的赏识,封他为下属第三支队的副支

清除湘西匪患

队长兼大队长。

此后，彭玉清变本加厉，公然与解放军对抗，多次带领匪徒在枫坡、牛坡、路城坡等地伏击剿匪部队的小分队，反动气焰极其嚣张。

芷江解放之初，我军分区曾派四二〇团侦察排长刘玉飞先后两次到其老巢高庄，向彭玉清宣讲政策，指明出路，劝其放下屠刀，归顺人民。但他执迷不悟，甚至还当着刘玉飞的面说："我彭玉清决不向解放军投降，哪怕最后只剩下我一个人，我也不会降。"

此时，刘玉飞估计一定是遇到了这伙惯匪，所以，他一面派出两名侦察兵回团部报信，一面让大家构筑工事，准备战斗。

原来彭玉清早就派出暗探跟踪刘玉飞，当他听到刘排长只带50余名战士，便迅速集中了1000多名土匪奔向孟家坳，准备将侦察排一口吃掉。

彭玉清杀气腾腾地带着匪兵冲进村内，却没看见一个解放军。这时他才醒悟，刘玉飞早已带领侦察排占领了村后的主峰。

他没有想到解放军的行动这么快，心中已有几分胆怯。但事已至此，他只好硬着头皮出兵包围孟家坳村后主峰，占领主峰后面的高地，以切断侦察排的退路。然后亲自督阵，鼓动匪兵向主峰冲击，他挥舞着手枪向匪兵们鼓劲："抓住刘玉飞，奖光洋500元，抓住一个侦察兵奖光洋50元。"

在金钱的诱惑下，匪兵们一窝蜂似的向主峰冲去。

刘玉飞从望远镜里发现山下的匪徒已将主峰包围，便要求每个班在不同方向实施阻击。他要求全体人员发扬英勇善战的传统，匪不近前不开火，要做到弹无虚发，枪枪中敌，以节约子弹，留待后用。

不一会儿，嗷嗷叫喊着的匪徒进入了侦察排的火力圈。刘玉飞一举枪，喊道："打！"

顿时，阵地前沿一片火海。只见冲在前面的匪兵一排排倒下去，跟在后面的匪兵也急忙滚了下来。

一次败下阵来，彭玉清又组织下一次冲锋，但都被刘玉飞居高临下地打退了。时近傍晚，彭玉清先后组织的6次冲击，都被侦察排一一打退。

彭玉清仍不死心。这次，他亲自带队，并将悬赏捉拿刘玉飞的金额提高到1000元，利用土匪普遍的贪婪心理，分两路再次向主峰冲去。

刘玉飞见状，意识到匪徒们的这次冲击会更加疯狂。他命令3个班加固工事，并调整火力，沉着御敌。

不出所料，匪徒们的这次冲击异常猛烈，侦察排的机枪手曹忠义，不幸胸部中弹，倒在了地上。正当刘排长过去要接过机枪时，曹忠义猛地从地上站起，他不顾伤痛，又端起机枪向匪徒扫射。

曹忠义的英勇行为鼓舞了全排，大家用更猛的火力反击匪徒。在激战中，彭玉清手下一名最凶狠的团长被击毙，刘排长乘势发起反冲锋，在愤怒的火舌中，匪徒

清除湘西匪患

们的进攻再次被打退了。

夜幕降临了，阵地出现了暂时的沉寂。刘排长想：虽然白天接连打退了土匪多次进攻，但是晚上在山上饥寒交加，不能久留。原先想等待援军解围，现在看来不能坐等了。必须趁匪徒久攻不下，死伤增多，产生恐惧心理的时机，设法突围。

他找来班长和骨干战士研究突围办法。大家提出，现在山下的匪兵人数多，包围紧，宜用疑兵之计将匪调离，然后再突出去。刘排长同意了这个想法。

他找来司号员小王，让他在主峰的左右两侧高地，轮番吹起调动和联络部队的军号。同时，令全体人员做好突围的行动准备。

22 时左右，山间突然响起了嘹亮的军号声，而且时而在左，时而在右，匪兵一听，以为是解放军的援军来了，吓得纷纷后逃。挨了一天打的彭玉清，此时半信半疑，又难以阻挡匪兵溃退，不得不跟着往后跑。

刘排长在山上看到山下的火把逐渐往远处散去，知道这是匪兵在往回撤退。

他赶紧带领全排人员冲下山去，跳出了包围圈。

彭玉清撤了一段路程之后，发觉号声停了，山下似乎也没大部队活动的影踪，这才知道中了刘玉飞的计。于是，赶紧率领匪徒杀回孟家坳，可当他们冲上主峰之后，连一个人影也没见到，彭玉清内心后悔不迭。

刘玉飞带领侦察排，在半路上遇到了增援部队。一交换情况，才知道增援部队来晚了是因为在路上遇上了另一股土匪，打了一仗，歼匪100多人，并缴获了一批枪支弹药。

刘玉飞在支援部队胜利消息的鼓舞下，心生一计，随即提出建议：我们来杀一个回马枪。他估计彭玉清在识破疑兵计之后，肯定会率匪重返孟家坳再围主峰，现在我们来一个反包围，正好打他个措手不及。

大家同意了这个建议。

刘玉飞随即以侦察排为前导，与增援部队一起，跑步赶至孟家坳。这时，彭玉清等匪兵刚从主峰下来，一个个筋疲力尽，正要准备休息。

刘玉飞一声令下，顿时枪声大作，杀声震天，匪兵们被这突如其来的喊杀声吓得胆战心惊，彭玉清明白，这一次再也不是共军的小部队了。他立即命令土匪摸黑抄小路逃遁。

彭玉清此次遭受重创之后，所剩人马已不过半。但他仍未死心，又到处搜罗散匪，扩充兵力，继续同解放军为敌。

1950年4月，湘西军区司令员曹里怀来到芷江，会同军分区的领导，研究贯彻中南军区高干会议精神，确定将彭玉清股匪列为重点打击的对象。

会议决定，将清剿彭玉清股匪的任务交给一四〇师四一九团。

4月下旬，四一九团与地方政府一起，研究了匪情，

制定了发动群众配合剿匪的措施，并提出了响亮的口号："活捉'灵鸡公'，拔掉匪祸根。"

5月2日，四一九团各进剿分队进驻彭玉清股匪盘踞的地区，并先后占领了桐树溪、高庄、通溪、公坪等地区。

在解放大军的打击下，彭玉清只好命令土匪埋藏枪支，化整为零，以躲避风险。

四一九团也随之改变策略，转入就地驻剿。他们通过各种方式，广泛宣传剿匪决心，发动群众减租减息，在村内清匪收枪。

这些举措使在彭匪残害下的广大群众很快觉悟，很多群众都主动加入剿匪斗争的行列。

童养媳出身的王玉梅，在解放军的宣传教育下，主动向剿匪部队报告匪踪，并帮助部队从蛮子洞取出了彭玉清埋藏的8挺机枪、48支步枪、一万多发子弹和一部分军用物品。

这些武器是彭玉清今后准备东山再起的唯一救命"稻草"，如今他的后备军火库给端掉了，使他遭到重大打击。

6月初，彭玉清在桐树溪一带企图抢夺地方武装枪支。四一九团获悉，立即派出3个连展开重点清剿。

彭玉清闻讯又率匪60余人窜至芷江、怀化边界的四印坡，企图凭借这里险峻的地势栖身安命。

剿匪部队随之与驻怀化的四二〇团联系，对彭匪实施夹击。彭玉清在四面受困、两头夹击的情况下，钻进四印坡的一个寨棚，利用土墙掩护，在天黑后才逃出解放军的包围圈。但其同伙在同我军的对抗中，大部被歼。

战斗结束后，进剿分队就地展开了搜山追捕，并开展政治攻势，广泛张贴标语，宣传对匪政策。

经过一段时间的调查与准备，剿匪部队召开了惩匪反霸大会，对几名真心归降、抓匪有功的人员实行奖励，对死不悔改、拒绝投降的匪首彭林娃则宣布执行死刑。

这次大会，使广大群众看到了人民政府和解放军惩治土匪的决心，他们一扫过去害怕土匪报复的顾虑，积极参与到剿匪斗争中来。

一些匪属也纷纷劝说亲人自首，此后仅 10 多天时间，就有 100 多人向剿匪分队缴械自新。

彭玉清逃脱后，辗转山区，吃住无着，夜不能安，日日心惊。

两个月后的一天，他终于携带老婆、孩子和几名随从，走出山林，向进剿分队投降。

这个早年曾口出狂言要与解放军对抗到底的恶匪，在我强大的军事力量和政治攻势的夹击下，终于违背了他自己的誓言，低下了他罪恶的头。

至此，芷江东部地区的股匪全部消灭。

清除湘西匪患

军民联手擒拿匪首

1950 年 10 月 19 日，湘西军区调集一三九师四一五团、军直山炮营、师直警卫营共 18 个连队，组成雪峰山区剿匪部队，开赴雪峰山地区，正式开始对活动在这一地区的股匪进行搜剿。

雪峰山山高林密，道路陡险，地形复杂，南部连接湖南的黔阳、会同、绥宁等地，多年来一直是土匪的藏身之处。

此时，盘踞在这里的股匪有"反共救国军华南总部"前沿指挥官段明堂部，他们的活动地区在熟坪、罗翁一带；前沿副指挥兼"第四纵队"司令易豪部，活动于铁山庙、大坪一带，同在这一带的还有"第四纵队"所属的"第一支队"支队长易朗照部；另外，还有活动于龙船塘、沙湾一带的"第三方面军第五纵队第二游击指挥部"指挥官兼"第四纵队第二支队"支队长周连生部等。这些土匪加上一批小型股匪、散匪，共有 1300 多人。

剿匪部队统由四一五团团长杨德荣、政委郑文翰指挥，于 10 月 19 日开始，采取分割包围、逐股聚歼的战术，分兵 4 路，向雪峰山区的匪巢进军。

杨德荣团长率领 8 个连，直扑铁山庙，对易豪、易朗照股匪发起攻击。

团参谋长李洪杰率领 5 个连，直奔罗翁，攻击段明堂股匪。

四一五团郑政委、黔阳县长张茂林率领四一五团 3 个连及县大队一部，奔袭龙船塘周连生股匪。

黔阳县第二区区长曾禄率领区小队，配合四一五团两个连进击熟坪、竹坡区"第二游击指挥部"副指挥黄大渊股匪。

20 日拂晓，各路人马杀向预定目标。在解放大军凌厉的攻势下，匪"第四纵队第一支队"大部被歼，其余股匪被打得七零八落，四散潜逃。

段明堂、易豪等匪首率残部窜向铁山，四一五团一、二连迅即以每小时七八公里的速度跑步追击，终于在 21 日登上了海拔 1500 米的铁山。

段明堂见解放军势不可当，连指挥部的印章也来不及带便慌慌张张地逃命去了，余匪 100 多人被歼。

攻克铁山之后，四一五团接着奔袭九牛塘，在这里又歼匪 400 多人。

匪"第二游击指挥部"指挥官周连生逃至大麻冲，又遭围困，其高参黄东旭、政工室主任胡益、副指挥杨荣卿等人被擒。周连生在无路可逃的情况下，只好举枪自杀。

战斗结束后，经清查，发现段明堂、易豪、易朗照、黄大渊等匪首在逃。四一五团首长和张茂林县长根据新的情况作出决定，组织部队发动群众展开搜山清匪，缉

清除湘西匪患

拿匪首。

当地政府还在铁山、仙洋溪、大坪等地设立自新登记处，展开政治攻势，敦促土匪自首。

经过大张旗鼓的宣传，这些地区仅 10 天时间就有 500 多名匪徒登记自新。

驻军四一五团配合当地政府的政治攻势，对在逃的匪首，组织武装追捕，也取得了极大的战果。

匪首段明堂从铁山、九牛塘单枪匹马逃出之后，先是隐藏在白垅的深山，后见解放军来这里动员群众搜山，只好连夜转移至三定坡，躲藏在一个叫段顺和的妇女家中，后来又转到刀背岭的一个岩洞内。

11 月 11 日，追捕段明堂的小分队在杨继元队长的带领下，先后在白垅、槽垅一带侦察，获得了确切讯息，便赶至三定坡段顺和家，从其双目失明的老母亲的口中证实了段匪就隐藏在这里。

这时，恰逢段顺和给土匪送饭回来，杨继元问："你给谁送饭去了？"

段顺和说："不是送饭，是给邻居送点东西。"

杨继元指指她篮子里的饭碗说："你这碗上还有米粒，你还敢说谎话。"

随即，杨继元向段顺和宣讲政策，晓以利害，段顺和这才说了实话。杨继元当即让她带路，于当日 16 时，将段明堂擒获。

易豪从铁山溃逃之后，率残部向黔阳、绥宁、武冈边境一带流窜。

四一五团组织多次围歼，其残部大部分被消灭，但易豪仍未落网。

黔阳县二区区长王辅庭向部队介绍说："易豪肯定不会逃远。他对洗马乡的山山水水、曲径小路都很熟。又有家属、亲戚、明朋暗友做耳目，回旋余地大。可以断定他就躲在老家附近。"

四一五团首长听后，抽调一个连配合区政府行动。区政府同部队一起在洗马乡动员了6000多民兵拉网搜山，终于在李木冲发现了易豪的藏身洞，但人已逃走。

追捕分队当即展开侦察，了解到易豪已逃往三角溪。追捕分队随即马不停蹄地追到三角溪。当小分队在古楼坪正与农会武装委员易铁成研究缉拿方案时，一个叫易圣富的农民跑来报告易豪的情况。

原来，易豪跑到三角溪后，找到与他同名同姓的易圣富（易豪原名易圣富），企图让他帮忙弄张路条远逃。

易圣富假意答应了他，并将他隐藏到一个地方，然后赶紧跑来报告。当夜，由易圣富带路，15名解放军战士和15名全副武装的民兵，在程连长的带领下，迅速将易豪藏身地包围。易豪企图顽抗，当即被击毙。

另一匪首易朗照从铁山庙逃走后，让他的20名随从各奔生路，随后同他的4个哥哥商议，决定往武汉暂避风险。

次日夜晚，他化装成商人，从仙福桥搭木排去了常德。四一五团与区政府得到消息后，决定由侦察排长许汉

清除湘西匪患

113

章带队组成一个行动小组立即出发，沿流水向常德追捕。经25天，行程1000多公里，终于将匪首易朗照缉拿归案。

铁山大捷后，匪首黄大渊一部被歼，黄大渊只身逃往怀化排楼乡，潜藏在他的一佃户家里。但当地的民兵日夜查访匪情，令他无法安身，他只好又窜回土溪乡新克村自己家，准备第二天远逃他乡。

他家昔日的长工龚振良，解放后受到土溪乡农会的教育，当上了治安员，此时见黄大渊潜回，便连夜报告了农会。

农会主席张远家随即召集农会委员和民兵武装委员开会，决定当晚行动，抓获黄大渊。他们的行动方案是：集合民兵将黄大渊的家团团围住，然后，由农会主席张远家、民兵武装委员曾继庆、农会组织委员石光茂和龚振良4人破门入房，徒手擒拿黄大渊。

凌晨2时，60多名干部、民兵悄悄地围住了黄大渊的住宅。

张远家等4人各持一只长手电筒和一把短马刀，轻手轻脚地进入了黄大渊住房。4只手电筒一齐射向黄大渊，石光茂一个箭步上去，将尚在床上的黄大渊压住，其他3人一齐动手，缴了他的枪，将他五花大绑，押送到了沙湾区政府。

到12月，四一五团在当地政府的支持下，毙、伤、俘虏雪峰山区匪徒400多人，敦促1200余人登记自新，缉拿全部潜逃的重要匪首归案，圆满地完成了剿匪任务。

直捣土匪老巢

1950 年 12 月，人民解放军驻湘黔边界地区部队组成了联合会剿指挥部，决定对盘踞在湘西边界的最后一股土匪进行致命的一击。

参加会剿的主力部队有驻贵州边境的第十七军五十师一四九团、一五〇团和师直属分队，第十六军四十七师一三九团，驻湘西的第四十七军一四〇师四一九团及当地的地方武装和民兵组织。

盘踞在这一带的匪首主要有原芷江匪首、"湘黔边区反共救国军"总司令杨永清等 7 人。

杨永清在中心区被解放军击溃后，逃至晃县的凉伞，邀集在晃县的匪首姚大榜，贵州天柱县的匪首杨德庄、田大进，镇远县的匪首杨汉章，三穗县的匪首粟满庭，玉屏县的匪首龙湘池等人商定对策。

经过商议，他们决定成立"湘黔边区反共游击总司令部"，并推举杨永清为总司令，姚大榜、杨德庄为副总司令，以帮会形式统领 5000 名匪徒，在湘黔边界进行反共破坏活动。

这伙土匪的主要活动地点在贵州三穗县的雪洞与湖南晃县的凉伞（简称雪凉地区）一带。

我军驻湘黔边界地区部队联合会剿指挥部针对这伙

清除湘西匪患

土匪的活动特点，制订了"雪凉会剿"方案。

方案决定，四一九团负责围歼晃县之匪，贵州部队负责合围雪洞、凉伞地区之匪，玉屏驻军负责堵截北逃的匪徒。

12月6日，参加湘黔边界会剿的20多个连队和地方武装、民兵共3000多人，按照预定方案全面展开。

傍晚时分，四一九团三营营长、晃县剿匪指挥部指挥长李玉春，副营长王清元，中共晃县县委书记赵振英，率领5个连队直接进攻中寨。

7日拂晓，四一九团二营从芷江奔袭过来，首先占领了中寨后山高地，接着三营赶到，形成了对中寨的包围。盘踞在中寨的杨伯南等股匪，招架不住两路大军的围剿，没放几枪就四散逃窜，中寨随即解放。

8日，县剿匪指挥部决定兵分两路，分别由李玉春、王清元率领，围歼在新寨的姚大榜股匪。

部队出发后，姚大榜就察觉了我军的意图，随即率众匪逃往毫庆湾。

9日清晨，王清元带部队在毫庆湾与姚大榜匪部300多人遭遇，经数小时激战，姚匪率200多人逃脱。解放军俘获了姚大榜的老婆、女婿及其他匪众50多人，击毙姚大榜的三儿子姚应金以下40多人。

接着，指挥部以一部分兵力继续追歼姚大榜匪部，其余力量则前去奔袭琴堂。在琴堂，我军又歼灭土匪一个营，缴获一批武器。

共和国的
历程
·三湘报捷

12 月 25 日，姚大榜率残部经禾滩窜至十家坪，准备于当晚在蒋家溪、酒家塘一带偷渡武水，再逃往贵州六龙山老窝。

剿匪指挥部获悉这一情况后，立即调集 3 个区中队扼守渡河要点；四一九团组织一个特种排，携带小炮、机枪、冲锋枪，埋伏在武水渡口边，准备将匪歼灭于河中。

23 时左右，姚大榜率匪徒来到武水河边，自己率领一部分人登船。

船至中流，在这里守候的区中队和解放军一齐开火，船上土匪乱成一团，结果船翻人亡，姚大榜被击毙。

岸上未上船的土匪见受到解放军阻击，转身往山上跑，也被早已埋伏在这里的区中队歼灭。

在姚大榜股匪覆灭的同时，贵州剿匪部队也先后在雪洞、凉伞等地，歼灭了邹志权、杨汉章率领的匪"第十二纵队"，俘获匪"第二前进指挥所"指挥官杨德庄、"第八纵队"司令汪昌仁等人。

匪总司令杨永清设在凉伞尖锋坡的指挥部，被我军的小炮摧毁。他只好带几个心腹逃往登丰乡的一个深山老林藏身。

杨永清在山上藏了几天，缺衣少食，饥饿难忍，便让他的小老婆下山找粮食，她的行踪正好被贵州镇远军分区侦察连副连长焦志林率领的便衣小组发现。

焦志林不动声色跟踪上山，在杨永清正吃他老婆带回的食物时，将其擒拿，其余匪徒也被侦察连的同志全部活捉。

12 月 26 日，杨永清被押回芷江，在这里接受由芷江、黔阳、晃县等 6 个县的 6000 多名人民代表参加的公审大会的会审，最后被执行枪决。

雪凉合围战，历时 20 多大，共歼匪 5800 多人。匪"湘黔边区反共游击总司令部"的倾巢覆灭，使湘西及贵州边界地区的人民得到了永久的安宁。

湘西边沿地区的剿匪，至 1950 年 12 月基本结束，共歼匪 2.3 万余人，其中大队长以上匪首 100 余人。在会剿期间，中共湖南省委、省人民政府，湖南军区联合发出指示，在广大农村发动群众清匪肃特，实现了党政军民齐动手的总体战略。

1950 年 10 月至 1951 年 2 月，全省有计划地组织农民开展大规模的搜山行动达 1000 余次，捕捉到匪特分子 7000 多人。其中，湘西地区有 30 万民兵配合部队行动，仅麻阳、凤凰两县一次大搜山就有 3.25 万人参加，击毙了为害凤凰人民长达 30 年之久的惯匪头目龙云飞，捕获了"川湘黔反共救国军"副总指挥田瑞清等 100 多名散匪。

湘西边缘区会剿的胜利结束，打破了"湘西土匪永剿不灭"的神话，也彻底粉碎了蒋介石要把湘西变成"大陆游击根据地"的美梦。

这一胜利，进一步稳定了社会秩序，保证了土地改革的实施，也为抽调兵力参加抗美援朝和加强海防提供了最基本的保证。

参考资料

《解放战争大全景之解放湖南》 豫颖主编 军事谊文
　　出版社

《中南大剿匪纪实》 彭新云 易忠 李佑军著 解放军
　　出版社

《中南大剿匪》 刘文彦著 湖北人民出版社

《军事历史期刊之奔袭嘉蓝临——忆湘南剿匪战役》
　　曹海炳著 军事科学院军事历史研究部

《湘潮期刊之岳阳"四三"反革命暴乱案始末》 秦
　　小燕著 中共湖南省委党史研究室主办 湘潮杂
　　志社

《岳阳市情网：岳阳党史之"四三"惨案的教训》
　　郝湘基著 中共岳阳市委党史市志办公室

《岳阳市情网：岳阳党史之我所经历的"四三"惨
　　案》李长林著 中共岳阳市委党史市志办公室

《中国常德史志网：常德史志之武陵古今之送"西天
　　王"上西天》谭燕 邓福先著 常德市党史办

《中国常德史志网：常德史志之平息暴乱》常德市党
　　史办

《中国常德史志网：常德史志之再擒匪首"郭和
　　尚"》鲁祖安著 常德市党史办

《临澧史志：史志天地之临澧县剿匪实录》张荣锦著
　　临澧县史志办

《常德市档案局网站：常德历史上的今天之太浮山剿
　　匪》湖南省常德市档案局办

《反特镇反运动实录》晓锋美 东北根著 金城出版社

《中国土匪大结局》刘革学著 湖北人民出版社